회귀로 영웅독전

회귀로 영웅독점 8

초판 1쇄 인쇄일 2021년 06월 17일 | **초판 1쇄 발행일** 2021년 06월 22일

지은이 칼텍스 | **펴낸이** 곽동현 | **담당편집 팀장** 이범수
편집부 정요한 최훈영 조혜진

펴낸곳 (주)조은세상 | 출판등록 제2002-23호
주소 서울특별시 동작구 동작대로1길 27 5층
TEL 02)587-2966 | FAX 02)587-2922
E-mail bukdu@comics21c.co.kr

ISBN 979-11-6591-910-8 | ISBN 979-11-6591-494-3(set)
값 8,000원

칼텍스 퓨전 판타지 장편소설
회귀로 영웅독점
8
북두
(주)좋은세상

칼텍스 퓨전판타지 장편소설

FUSION FANTASY STORY

CONTENTS

Chapter 50.

Chapter 50.

남악의 동굴 안.

매일 집중하며 일섬(一閃)을 사용한 덕분인지 숙련도가 꽤 올라갔다.

한 번에 누어 두 마리를 잡을 때도 종종 있을 정도.

'이 수련 효율 좋네.'

왜 백발 노인네들이 공기 좋은 곳을 찾아 들어가 처박히는지 알 것만 같다.

터가 좋다 보니 체내에 내공이 쌓이는 속도가 장난 아니었다.

덕분에 정신적으로도, 육체적으로도 회복이 빨랐다.

나중에 폐관 수련을 해야 한다면 여기로 와서 해야겠다.

그렇게 약 이 주가 지났다.

"이 정도면 충분할 거 같구나. 죽어 가는 사람도 살릴 수 있겠어."

근데 왜 난 모자란 느낌이 드냐?

사실 마음 같아서는 호수에 있는 모든 누어를 잡아 가져가고 싶었으나 시간이 없다.

아버지가 약을 잘 들고 계신다면 지금쯤 폐석증은 거의 치료되었을 것이다.

물론 강한 약 기운에 더 병자처럼 계시겠지만.

'괜찮아. 이거면 회복할 수 있을 거야.'

약선님도 동의한 부분이다.

"그럼 빨리 가죠."

정신없이 달려 도착한 청신산가.

도착하자마자 할아버지가 달려 나와 나를 반겼다.

아니, 반기는 느낌은 아니다.

얼굴이 하얗게 변한 할아버지는 또 처음 본다.

"왔느냐? 일은 잘 풀렸고?"

"걱정하지 마십시오, 형님. 제대로 가지고 왔습니다."

"그래, 상원이 상태가 많이 안 좋다. 여기 의원들은 원인을 알 수 없다는 헛소리나 해 대고 말이야. 정말로 괜찮겠지?"

괜찮을 거다.

청매소를 먹은 사람들은 대부분 반송장이 된다.

거기서부터 회복하는 것이 또 일이었다.

'회복이 안 될 수도 있지만…….'

그딴 건 생각하지 말자.

만약의 사태까지 생각해 영물을 이렇게 많이 잡아 오지 않았는가?

"그럼 들어가 보겠습니다."

난 약선님과 함께 아버지가 있는 방으로 들어갔다.

창백한 얼굴.

금방이라도 눈을 감을 것만 같은 모습의 아버지가 나를 발견하고는 환하게 웃었다.

"오, 서하 왔느냐? 늦었구나."

"……."

말문이 막혀 아무런 말도 나오지 않았다.

정말로 조금만 더 늦었으면 못 볼 수도 있었겠구나.

약선님은 말없이 아버지의 옆으로 가 맥을 짚었다.

그 순간 걱정이 들기 시작했다.

폐석증이 다 없어지지 않았으면 어떡하지?

백이면 백, 전부 완쾌된다고는 볼 수 없었기에 불안할 수밖에 없었다.

'아냐, 난 악운(惡運)에 강하잖아.'

언제나 최악의 상황에서는 운이 좋았던 나다.

이번에도 그러리라.

그렇게 한참 맥을 짚고 있던 약선님은 나에게 다가와 어깨를 짚어 주며 말했다.

"정말로 효과가 있구나. 많이 약해지긴 했으나 폐가 정상으로 돌아왔어."

"정말입니까?"

"그래, 앞으로가 중요하겠어. 이제 내가 할 일은 끝난 거 같으니 난 수도로 돌아가마. 너희 아버지 잘 살피거라."

"네."

"그리고 이번 치료법, 그리고 청매소의 역할에 대해서는 죽간 1개로 요약해 제출하도록 해라."

약선님도 어의(御醫)의 신분으로 자리를 보름이나 비운 셈이었으니 마음이 급할 수밖에 없었다.

그런데 죽간 1개로 요약하라고? 나도 제대로 아는 건 아닌데 말이다.

'똑똑하신 분이니 대충 개념만 알려 드리면 알아서 연구하시겠지.'

숙제는 나중에 하도록 하자.

난 약선님을 보내 주고는 아버지의 옆에 앉았다.

"폐석증은 다 나았다고 합니다. 이제 청매소 대신 이 환약을 아침 저녁으로 드시면 됩니다. 금방 회복하실 수 있을 거예요."

"그래, 고맙구나. 덕분에 살았다."

"밥도 잘 드셔야 합니다. 영양죽을 끓여 오겠습니다."

나는 급히 식당으로 나가다 발걸음을 멈추었다.

이제 서두를 필요가 없다.

됐으니까. 이변이 없는 한 이제 아버지는 건강해질 것이다.

"됐어……."

생각보다 더 일찍, 아무런 준비 없이 비극을 맞이할 뻔했지만 잘 풀렸다.

식당에 도착한 나는 소화를 도와주는 약제를 넣고 죽을 끓였다.

죽이 끓는 것을 기다릴 때 긴장과 함께 다리가 풀렸다.

그제야 실감이 났다.

얼마나 위험했는지가.

그리고 이번 생에 가장 중요한 일을 무사히 해냈다는 것이.

"해냈다."

난 양손으로 얼굴을 덮었다.

이제야 조금은 안도감에 취해도 될 것만 같다.

"운이가 그러더구나. 이제 괜찮아질 거라고. 봐라. 내가 회복할 수 있다고 했지?"

"그러게 말입니다. 제가 틀렸었네요."

상원은 씁쓸하게 하늘을 올려다보았다.

나는 해내지 못했다.

5년간 최선을 다했다고 생각했는데 결국 있는 해답조차 찾지 못하고 아내를 보내고 말았다.

한심하기 그지없다.

이강진은 병이 나았음에도 기뻐하지 못하는 아들을 바라보다 말했다.

"……미안하다."

"네?"

상원은 자신의 귀를 의심했다.

이강진은 한숨을 쉬더니 턱을 긁적였다.

"그러니까, 내가 조금 더 너희를 이해했다면 지금보다는 행복한 과거를 가지고 있었겠지. 내 인생도 아닌데 너를 내 마음대로 쥐고 흔들었구나. 어차피 시간이 지나면 별것도 아닌 것을. 그러니까…… 미안하다. 그리고 살아 줘서 고맙다. 아들아."

상원은 민망해 눈도 못 마주치는 아버지를 바라보다 말했다.

"뭐 잘못 드셨습니까?"

"잘못 먹었지. 나이를 잘못 먹었어. 에이! 난 간다. 몸조리나 해라."

상원은 도망치듯 나가는 강진을 멍하니 바라보았다.

오래 살고 볼 일이었다.

아버지, 철혈이 저런 말을 하는 것도 보게 될 줄이야. 상원은 오랜만에 소리 내어 웃다가 말했다.

"미안하다. 민설아."

혼자만 살아 미안하다.

5년간 살아 달라고 괴롭혀서 미안하다.

상원은 그렇게 생각하다 아내의 마지막 말을 떠올렸다.

"우리 아들, 서하 잘 부탁해."

잘 지키겠다고 약속했었다.

다행히도 그 약속을 조금은 더 지킬 수 있을 것만 같았다.

아버지의 병세가 호전되고 며칠이 지났다.

매일 약초 섞인 미음만 드시던 아버지는 점점 기력을 회복하기 시작했고 산책 정도도 가능해졌다.

역시 영물의 힘이 크다.

청매소를 보름간 복용하고 저렇게 일어날 수 있는 사람은 또 처음 본다.

'수련을 안 했어도 우리 청신 가문이라는 건가?'

철혈의 핏줄이 어디 가겠는가?

……근데 나는 왜 이러지? 내 무재능은 도대체 어디서 온

것이란 말인가?

어쨌든 아버지와 할아버지의 관계도 예전보다 훨씬 좋아진 느낌이었다.

할아버지는 이틀에 한 번 정도는 아버지에게 인사를 하러 왔고 한 식경 정도는 수다를 떨다 갔다.

'이제 걱정할 거 없겠어.'

아버지의 병세가 좋아짐에 따라 나는 잊고 있던 일을 마무리하기 위해 서재로 향했다.

이번 해리슨 상단 호위 임무의 보고서를 작성해야만 한다.

이미 백정엽이 보고를 했을 수도 있지만 제대로 했을 리가 없다.

'사실대로 보고할 만한 위인이 아니지.'

빅터의 말에 따르면 덩치의 나찰이 나타났을 때 백정엽과 무사들은 사방으로 도망쳤다고 한다.

도대체 그게 뭐 하는 짓인지 모르겠다.

나라 망신은 혼자 다 시켜요. 아주.

어쨌든 백정엽 그 인간이 '저는 임무도 내팽개치고 도망쳐서 잘 모릅니다.'라고 보고할 리는 없다.

적당히 거짓말을 섞어 자기 잘못은 하나도 없다는 듯 보고하겠지.

거기다 이번 보고서가 중요한 이유는 하나 더 있다.

'나찰 넷이 함께 다닌다는 건 경각심을 일깨우기 충분해.'

같은 혈족도 아닌 나찰이 넷 이상 붙어 다니는 건 드문 일이었다.

네르갈 같은 경우도 모든 가족을 잃고 혼자 다니지 않았던가.

'슬슬 나찰도 군대화된다는 뜻이다.'

억측이라고 무시당하겠지만 그래도 말해 볼 만은 하다.

앞으로 몇 번 더 나찰에 의한 습격이 이루어진다면 내 가설이 더 힘을 얻을 테니까.

나는 그렇게 죽간에 보고서를 작성한 뒤 자리에서 일어나 아버지에게로 향했다.

아버지는 마당을 쓸고 있다.

저런 건 하인들의 일이니 그냥 놔두라니까 참 의원 말 안 듣는다.

"아버지. 몸은 최대한 적게 움직이라고 하지 않았습니까? 그걸 못 참고 쓸고 계시네."

"이게 조금 움직이는 거다. 너도 온종일 누워 있어 봐라. 아주 좀이 쑤셔 죽겠지. 발바닥에 곰팡이 피는 거 같다. 인마."

"그거 무좀입니다. 약 처방해 드려야겠네."

"야! 약은 내가 더 잘 알아……는 아니구나."

아버지는 씁쓸하게 웃고는 말했다.

"이제 내가 너보다 나은 게 없구나."

"청출어람이라고 하죠. 농담은 여기까지 하고 인사드리러

왔습니다. 수도에 가서 이번 임무의 보고를 마쳐야 해서요."

"그래, 보고는 중요하지. 다녀오너라."

"아, 그리고……."

위안이 될지는 모르겠으나 집에서 걱정하고 있을 아버지를 위해 한마디 정도는 해야 할 것만 같았다.

"앞으로는 제 목숨도 우선시하겠습니다."

"그래, 잘 생각했다."

참척(慘慽)은 인간이 저지를 수 있는 최악의 불효라고 하지 않던가.

"다녀오겠습니다."

나는 그렇게 청신산가를 나섰다.

대곤산맥.

한참을 도망치던 백정엽은 고개를 돌려 상황을 살폈다.

"하아, 하아."

쫓는 이는 없다.

작전이 성공한 것이었다.

'이런 씨발! 괜히 이 작전에 참여해서.'

처음 상단 호위 임무를 맡는다는 말을 들었을 때는 너무 기뻐 펄쩍펄쩍 뛰었던 백정엽이었다.

상단 대표와 친해져 유통을 맡게 된다면 그게 얼마일까?

서역의 상단은 매년 찾아오는 노다지였고 한철 장사만으로도 가문에서 인정을 받을 수 있을 것으로 생각했다.

그런데 결과는 실망적이었다.

대표는 이서하라는 놈과 친해졌고, 나찰의 습격 때문에 황천길을 건널 뻔했다.

하지만 살아남았다.

'그래도 살았어. 살아남은 거야.'

살아남은 자가 승자다.

그렇게 안도의 한숨을 내쉬는 순간 저 멀리서 기의 폭발이 느껴졌고 그는 놀란 쥐새끼처럼 또 달리기 시작했다.

그렇게 한나절이 지나 대곤산맥을 빠져나오고 나서야 백정엽은 냉정을 되찾고 자신이 처한 상황을 판단할 수 있었다.

한마디로…….

'망했다.'

완전 망했다.

임무를 내팽개치고 도망친 무사는 평생 그 오명을 뒤집어쓰고 살아야만 한다.

소대장이나 부대원들은 대장의 명령에 따를 수밖에 없었다며 변명이라도 할 수 있지만 중대장이었던 백정엽은 그마저도 불가능했다.

온전히 책임을 져야 한다.

영광도 불명예도 홀로 다 받는 자리였으니 말이다.

'다른 소대장들을 만나야 해.'

다른 소대장들을 모아 입을 맞춰야만 한다.

다행이라면 대곤산맥에서 그 누구도 살아나오지 못하리라는 것이었다.

나찰이 넷이나 있었고 그들 모두 인간에게 복종하며 나약해진 그런 나찰들이 아니었다.

"어차피 다 죽었을 거야."

생존자는 같이 도망친 소대장과 대원들뿐일 것이다.

그렇게 생각을 마친 백정엽은 손톱을 물어뜯으며 다른 소대장들의 행방을 수소문했다.

생존자들이 모두 모인 것은 그로부터 며칠이 지난 뒤였다.

백정엽은 자괴감과 무력감에 지친 소대장들을 모아 놓고 말했다.

"우린 용맹하게 싸운 것이다."

"……."

대답은 없었으나 백정엽은 말을 이어 갔다.

"생각해 봐라. 고작 소대 5개로 이루어진 작은 중대다. 저렇게 강력한 나찰 넷을 상대로 최대한 노력하지 않았는가? 우린 최선의 판단을 했을 뿐이다."

"……맞습니다."

한 소대장이 고개를 끄덕였다. 그러자 백정엽은 더욱 강하게 말을 이어 갔다.

"우린 도망친 게 아니다. 전략상 후퇴라는 것이다. 덕분에 3개의 소대라도 살아남지 않았느냐?"

그렇게라도 생각해야 마음이 편해질 것만 같았다.

인간은 불편한 진실보다는 편안한 거짓말을 택한다.

무사, 그리고 선인까지 될 정도로 강인한 이들이었으나 스스로를 동료를 버리고 도망친 겁쟁이로 생각하기는 힘들었다.

"맞아. 옳은 선택이었어."

"중대장님 말씀대로야. 누구라도 그런 선택을 했을 거다."

한두 명이 그렇게 변명하며 대원들을 선동하자 분위기는 금세 바뀌었다.

우리는 도망친 것이 아니라 후퇴한 것이다.

우리는 동료를 버린 것이 아니라 최고의 선택을 내렸을 뿐이다.

소대장은 자신들의 부하를 지키기 위해 그랬다며 안도했고, 부하들은 소대장의 명령에 따를 수밖에 없었다며 안도했다.

백정엽은 거기서 한 발짝 더 나아갔다.

"그리고 난 우리가 패배한 이유를 광명대와 순경대에 뒤집어씌울 생각이다."

"네?"

소대장들은 긴장한 듯 되물었다.

특히 광명대는 자신들을 위해 목숨 걸고 나찰과 싸운 부대였다.

이들을 음해할 수는 없다고 생각했으나 백정엽의 생각은 확고했다.

"그들은 내 명령을 무시하고 돌격해 진형을 무너트렸고 그로 인해 우리는 패배해 후퇴할 수밖에 없었다. 그렇게 보고할 생각이다."

"중대장님. 그래도 그건 좀……."

"왜? 그럼 그냥 사실대로 보고할까? 두 부대는 용맹하게 싸웠지만 우리는 후퇴했다고? 그러면 사람들이 우리에 대해 뭐라고 할 거 같은가? 죽은 자의 명예보다 산 사람의 명예가 더 중요하지 않겠는가? 이견이 있다면 손을 들어라. 과반수가 정직하길 원하면 내 정직해지지."

소대장들은 입을 다물었다.

무사에게는 명예가 중요하다.

다만 그 명예를 지키는 법이 사람마다 다를 뿐.

"그래, 그렇게 조용히만 있어라. 그냥 누가 물어보면 얼버무려라. 백정엽 대장의 명령을 따랐을 뿐이라고. 그 정도면 충분하다."

책임지지 않아도 된다.

그 말에 소대장들은 고개를 숙였다.

침묵은 암묵적 동의였다.

“모두 동의한 것으로 알겠다.”

백정엽은 그렇게 부하들을 선동한 뒤 수도로 향했다.

행군 속도는 느렸다.

부상자도 있었고 아무리 자기변명을 한다고 하더라도 패잔병은 결국 패잔병일 뿐이다.

당당하게 수도로 향하기에는 창피할 수밖에.

하지만 결국에는 수도에 도착할 수밖에 없었다.

입구를 마주한 백정엽은 마지막으로 소대장들에게 말했다.

“다들 쓸데없는 소리 하지 말고 처분을 기다려라. 우린 패잔병이 아니다. 용맹하게 싸우다 어쩔 수 없이 후퇴한 영웅이다.”

“네!”

소대장들의 우렁찬 외침을 들으며 백정엽은 병조로 들어갔다.

◆ ◈ ◆

수도에 도착한 백정엽은 가장 먼저 형인 백성엽을 만났다.

흰머리가 희끗희끗 난 중년의 장군.

얼굴은 호랑이와 같았고 그 압박감은 마치 만 명의 무사를 앞에 두고 있는 것과 같았다.

백정엽은 심호흡을 한 뒤 설명을 시작했다.

나찰이 넷이 있었고 열심히 싸웠으나 역부족이었다.

부하라도 살려야 한다는 생각에 후퇴했고 호위 임무는 실패했다.

백성엽은 한심하다는 듯 동생을 바라보다 문득 뭐가 생각나 물었다.

"광명대라고 했나? 거긴 어떻게 됐지?"

"놈들이 진형을 무너트리는 바람에 패배했습니다. 불나방처럼 달려들었으니 다 죽었을 것입니다."

보고를 들은 백성엽은 눈썹을 추켜세우더니 살짝 미소를 지었다.

"그래? 뭐, 잘했다. 이번 일은 천재지변과 같은 일이었으니 신경 쓰지 말아라."

"……네."

실패에는 가차 없는 형이었기에 분명 혼나리라 생각했으나 어떻게 잘 넘어갔다.

그리고 백성엽의 말대로 사건은 빠르게 넘어갔다.

상단은 전멸.

호위대 중 중대장의 명령을 듣지 않은 2개 소대가 전멸했고 백정엽은 나머지 무사들을 무사히 복귀시킨 훌륭한 지휘관이 되어 있었다.

그리고 이는 모두 백성엽의 작품이었다.

그렇게 며칠 뒤, 백성엽은 여독(旅毒)을 풀고 있는 동생에게 말했다.

"며칠 뒤 병조에서 보고서를 올리라고 할 것이다. 앞뒤 잘 맞춰서 쓰기를 바란다."

"그럼요. 걱정하지 마십시오. 형님."

"걱정이 안 되겠느냐? 이야기를 지어낼 때는 앞뒤가 맞아야 하는 법이니라."

"그게 무슨……."

백성엽은 멍청하게 머리를 긁적이는 동생을 한심하게 보고는 멀어졌다.

이윽고 보고 날이 시작되었다.

장군들은 물론 신유민, 신태민 왕자 저하들까지 참여한 자리에서 백정엽은 입을 열었다.

나찰들의 습격이 있었고 자신은 원진(圓陣)으로 응수했다.

그러던 중 광명대가 뛰쳐나갔고 그 때문에 진형이 무너져 패배했다는 것이었다.

"제가 빠르게 판단해 후퇴하지 않았다면 그곳에서 모두 전멸했겠지요. 하지만 저는 나찰이 나타난 점을 꼭 알려야 한다고 생각해 이렇게 필사적으로 살아 돌아왔습니다."

그러나 신유민이 말했다.

"광명대의 죽음은 눈으로 확인했나?"

"……네, 직접 확인했습니다."

백정엽은 형의 눈치를 슬쩍 본 뒤 말했다.

"그들이 당해 버린 탓에 패배했으니 말이죠."

광명대가 나찰을 상대로 오래 버텼다면 모든 보고가 가짜가 되어 버린다.

광명대는 몇 번 칼을 맞대지 못하고 죽었다는 것으로 해야 한다.

어차피 다 죽었을 테니 사실 여부는 확인이 불가능하다.

"그래? 광명대의 대장은 내가 잘 아는 친구다. 그렇게 섣불리 움직일 사람이 아닌데. 정말로 그가 진을 깨고 달려들었나?"

신유민의 질문에 백정엽은 침을 삼켰다.

아무리 서재에서 나오지 않는다고 하더라도 왕자는 왕자.

그 압박감은 장난이 아니었다.

"그러니까……."

"젊은 혈기에 그럴 수 있죠. 형님."

백정엽이 헤맬 때 신태민이 대신 대답해 주었다.

그는 등받이에 기대 다리를 꼬고 앉아 말을 이어 갔다.

"워낙 실력 있는 친구니 나찰도 상대할 수 있을 거로 생각했을 겁니다. 그래서 어린애들은 경험이 쌓일 때까지 소대장을 맡으면 안 되는데 떡하니 참군 직위를 줘 버렸으니 이런 사달이 나죠. 안타깝네요. 미래가 창창한 친구였는데."

"신태민 저하님의 말씀이 맞습니다. 실력은 있지만 혈기를 감당하지 못하고 실수를 한 거 같습니다."

백정엽은 빠르게 말을 이어 갔고 신유민은 굳은 얼굴로 말했다.

"그래? 이거 직접 물어볼 수도 없고……."

"뭐, 물어볼 수만 있다면 좋겠죠."

신태민이 말하는 순간이었다.

"그래? 그럼 물어봐도 되나?"

신유민이 기다렸다는 듯이 말했고 신태민은 인상을 찌푸렸다.

"귀신이라도 불러낼 생각입니까?"

"필요하다면 그래야지. 자, 그럼 귀신은 들어오너라."

"참, 지금 장난치는 것도 아니고……."

신태민이 피식 웃을 때였다.

"귀신 등장!"

누군가 문을 열고 안으로 들어와 회의 책상 앞에 섰다.

죽었다고 했던 바로 그 이서하였다.

회의장 안의 모두가 놀란 표정으로 그를 바라보자 이서하가 입을 열었다.

"왜들 그러십니까? 아~! 진짜 귀신 아니니까 그렇게 무서워하지 않으셔도 됩니다."

그리고는 미리 작성해 온 보고서를 내려놓으며 말했다.

"그럼 제대로 된 보고를 시작해 볼까요?"

사실 내가 수도에 도착한 것은 지금으로부터 약 3일 전이었다.

“진짜로 살아 있었구나.”

신유민 저하는 수도 멀리까지 나를 마중 나와 계셨다. 약선님이 수도로 돌아와 나의 생사를 알려 주었기 때문이라고 했다.

“급한 일이 있어 빨리 찾아뵙지 못한 점 죄송합니다.”

“아니다. 살아 돌아왔으니 됐다.”

“백정엽은 돌아왔습니까?”

“상처 하나 없이 돌아왔더구나. 임무 실패의 원흉이 너라느니 뭐니 여기저기 떠들고 다니고 있다.”

신유민 저하는 어이가 없다는 듯이 고개를 절레절레 흔들었다.

그 인간 목숨 살려 줬더니 은혜를 원수로 갚고 있었네.

죽었다고 생각하는 건 이해가 가지만 영웅으로 추켜세워 줬으면 좀 좋은가?

그랬으면 적어도 나랑은 친하게 지낼 수 있었을 텐데 말이다.

“다른 소대장들은 어떻습니까?”

“입을 꾹 다물고 있더구나. 그래서 넌 이미 공식적으로 죽은 것으로 되어 있다.”

신유민 저하는 그렇게 말하며 방향을 틀어 으슥한 산길로 들어갔다.

이 길은 분명 왕궁에서 남악 쪽으로 나올 수 있는 비밀 통로가 있는 길이었다.

'몰래 들어가시려는 거구나.'

그렇게 생각할 때 신유민 저하가 말했다.

"그러니 이 상황을 좀 이용해 볼 생각이야."

"어떻게 이용하실 생각이십니까?"

"이런 등장은 극적인 게 좋지 않겠느냐? 이번 보고 회의를 최대한 큰 규모로 열 생각이다. 거기서 백정엽의 거짓말을 폭로한다면 중립을 지키고 있는 장군들의 마음을 돌릴 수도 있지 않겠느냐?"

회의장에서 담판을 짓자는 얘기였다.

사실 백정엽은 어떻게 되는 상관이 없다.

그 무능력한 놈은 언제든 내가 처리할 수 있으니 말이다.

그렇기에 정확한 목표는 백성엽이라고 보는 것이 타당했다.

백성엽은 신태민 저하가 가장 믿는 야전사령관이자 무사들의 존경을 받는 장군.

한 번 정도는 견제를 해 줘야만 하는 인물이다.

그런 의미에서 이번 회의는 위대한 백성엽 장군의 위엄을 깎아내림과 동시에 내 가치를 한없이 더 올릴 수 있는 자리가 될 것이다.

그렇게 대화를 하는 사이 저택에 도착한 나는 신유민 저하에게 말했다.

"아, 그리고 곧 상단과 광명대가 돌아올 겁니다."

대곤산맥에서 부상자들을 처리하고 천천히 출발했다면 이제 슬슬 도착할 때가 되었다.

나를 아무리 잘 숨겨 봤자 상단이 살아 돌아오면 신유민 저하가 바라는 극적인 등장은 불가능하지 않겠는가?

신유민 저하는 내 의중을 알아듣고는 미소와 함께 말했다.

"그래, 늦지 않게 마중을 나가라 일러두마."

백정엽 같은 놈과 일하다 신유민 저하랑 일하니 가슴이 뻥 뚫리는 기분이었다.

◆ ◈ ◆

그렇게 3일 후.

나는 꽤 극적인 등장을 할 수 있었다.

다시 회의장.

나는 죽간을 책상 위에 내려놓으며 말했다.

"그럼 제대로 된 보고를 시작해 볼까요?"

백정엽이 지어낸 보고를 듣느라 수고한 장군님들을 위해서라도 아주 상세하고 현실적인 보고를 해 줘야겠다.

그때였다.

"너, 너, 너! 어떻게 살아 있는 거냐?"

백정엽이 나에게 삿대질을 하며 말했다.

"왜 그러십니까? 동고동락한 전우가 살아 돌아왔는데 기쁘시지도 않습니까?"

"기쁠 리가!"

백정엽은 자신의 형을 돌아보았다.

도움을 갈구하는 눈빛이 애처롭다.

하지만 백성엽은 상황을 살필 뿐 아무런 움직임을 보이지 않았고 그건 신태민 역시 마찬가지였다.

백정엽은 흥분한 어조로 말을 이어 갔다.

"너, 너희 광명대 때문에 진이 무너져 우리 모두가 피해를 본 사실을 잊었는가?"

아무래도 백정엽은 자신이 만든 이야기대로 밀고 나갈 생각인 것만 같았다.

창피하지도 않나?

회귀 전에는 저런 걸 장군이라고 세우고 나찰과 전쟁을 벌였으니 제대로 싸울 수 있을 리가.

"도대체 무슨 소리를 하시는 겁니까? 중대장님이야말로 광명대가 나찰을 막는 사이 상단 대표까지 버리고 도망치지 않으셨습니까?"

"이놈이! 어디 뚫린 입이라고 그런 거짓말을! 나를 음해하는 것이냐?"

장군들은 신중하게 나와 백정엽을 돌아볼 뿐이었다.

백정엽은 침을 삼키며 물었다.

"너…… 혼자 살아온 것이냐?"

"……."

나는 침묵했다.

군이 다 살아 있다고 말할 필요가 없었다.

저놈이 무슨 소리를 하는지나 들어 보자.

"혼자 살아왔구나. 하긴 결국 너도 살고 싶었겠지."

백정엽은 미소를 지었다.

나 혼자 살아 돌아왔다고 확신한 그는 자신감 있게 말했다.

"밖에 대기하고 있는 소대장들에게 들어오라고 해라."

참고인으로 대기하고 있던 소대장들이 안으로 들어왔다.

세 명은 모두 놀란 얼굴로 나를 힐끗 보고는 백정엽의 옆에 섰다.

백정엽은 자신만만하게 말했다.

"너희들은 그날 있었던 일을 솔직하게 고하라."

솔직은 얼어 죽을.

이런 자리에서 솔직하게 말할 수 있는 사람이 어딨겠는가?

눈앞에 백정엽의 형이자 이 나라의 국보라고 할 수 있는 장군이 앉아 있는데.

역시나 소대장들은 백정엽이 아닌 그의 형 백성엽의 눈치를 보다가 말했다.

"백정엽 대장님의 말이 맞습니다."

"네, 광명대가 진을 무너트리고 나가 어쩔 수 없이 후퇴할 수밖에 없었습니다."

"용맹했으나 무모한 것도 사실입니다. 그로 인한 패배였습니다."

전부 입을 맞춘 듯 바로 대답했다.

이해는 간다.

백성엽의 줄을 잡고 싶겠지.

여기서 점수를 따 놓으면 백정엽이 아닌 백성엽의 군단에 들어갈 수도 있고 그러면 출셋길도 열리는 셈이니 말이다.

저런 놈들을 위해 상혁이가 홀로 목숨을 걸고 나찰을 막아섰다니.

참 쓸데없는 짓을 했다.

소대장들의 증언까지 들은 백성엽은 처음으로 입을 열었다.

"둘 중 하나는 거짓말을 하는 것이 확실한데. 광명대장은 자신의 말을 증명할 방법이 있는가?"

그의 말에 장군들은 고개를 끄덕였다.

신태민은 흥미진진하게 나를 바라보고 있었다.

내가 뭔가를 준비해 왔을 수도 있다고 기대를 하는 건지, 아니면 내가 이대로 쭉 밀려나기를 기대하는 건지는 모르겠지만 말이다.

그나저나 슬슬 올 때가 되었는데…….

그렇게 내가 누군가를 기다리고 있을 때 백성엽이 말을 이어 갔다.

"광명대장 쪽에 증인이나 증거가 없다면 우리는 소대장들의 증언을 토대로 백정엽 중대장의 보고를 믿을 수밖에 없다고 생각된다만. 다른 장군들은 어떻습니까?"

"흐음."

그리고 마침내 내 육감에 몇몇 사람들이 다가오는 것이 잡혔다.

이제 슬슬 입을 털어 보자.

"누가 없다고 했습니까?"

그러자 백정엽이 외쳤다.

"그럼 지금 이 자리에 가져와 보아라! 어떤 증좌가 있을지는 모르지만."

그 순간이었다.

"증거 등장!"

엘리자베스가 문을 벌컥 열어젖히며 말했다.

"……."

저 대사 분명 어제 반려한 거 같은데 결국 하는구나.

내가 '귀신 등장!'이라며 나타났으니 라임이라는 걸 맞춰야 한다나 뭐라나.

어쨌든 엘리자베스의 등장과 함께 백정엽의 동공이 커졌다.

눈알 튀어나오겠다. 튀어나오겠어.

진짜 귀신을 봐도 저렇게까지는 놀라지 않을 것 같다.

모두의 시선이 엘리자베스에게 꽂히고 한 장군이 물었다.

“저분은……?”

“해리슨 상회 대표 엘리자베스 해리슨입니다.”

엘리자베스는 또박또박 자기소개했고 그 뒤로 광명대원들이 들어와 섰다.

머리에 붕대를 감은 주지율과 온몸을 미라처럼 감싸고 있는 상혁이와 민주까지.

근데 민주는 왜 붕대를 감고 있지? 분명 안 다쳤는데?

아무튼 좀 너무 감은 느낌이 있지만 딱 봐도 사지를 돌파해 온 부대의 자랑스러운 모습이 아닌가.

다 연출이라고 생각하자.

광명대원들이 들어와 서자 신유민 저하가 의기양양하게 말했다.

“다 살아 있네? 어떻게 된 거지? 백정엽 부대장?”

그러자 신태민이 어이가 없다는 듯 피식 웃었다.

“형님은 저들이 다 살아 있다는 걸 알고 계셨던 모양입니다?”

“에이, 아니야. 나도 엄청나게 놀랐어. 오늘 아침에 서하를 봤을 때는 귀신인 줄 알고 까무러칠 듯 놀랐으니 말이다.”

“어련하시겠습니까?”

신태민은 이제 아무 말도 하지 않겠다는 듯 팔짱을 끼고는 등받이에 기댔다.

"그, 그게……."

백정엽은 아랫입술을 깨물며 형을 바라봤다.

하지만 그 잘나신 백성엽 장군님도 이제 도와줄 길이 없을 것이다.

가장 중요한 인물.

해리슨 상회의 대표가 등장했으니 말이다.

"백정엽 중대장은 저와 기사단만 두고 바로 도망치시더군요. 하지만 광명대와 순경대는 뒤에 남아 목숨 걸고 호위 임무를 완수했습니다. 광명대가 실수했다는 보고는 거짓입니다."

엘리자베스는 그렇게 말한 뒤 나에게 미소를 지어 보였다.

광명대와 상단의 생존자들이 돌아온 것은 하루 전이었다.

신유민 저하의 도움으로 몰래 수도에 들어온 엘리자베스는 내가 작성한 대본을 달달 외웠다.

어눌한 우리 말로 보고를 하는 것보다 이쪽이 더 보기 좋으니 말이다.

엘리자베스는 강한 어조로 말을 이어 갔다.

"해리슨 상회는 이 나라에서 거래하고 안전을 보장받는 값으로 어마어마한 양의 금을 지불하고 있습니다. 하지만 이번에 보인 추태는 실망스럽기 그지없습니다. 저런 능력 없는 무사를 호위대장으로 임명했다는 건 우리 대(大)갈리아 제국을 무시하는 행위라고밖에는 받아들일 수 없습니다."

상당히 공격적인 말이었으나 장군들은 아무런 대답을 할 수 없었다.

"하지만 이서하 대장과 광명대가 보여 준 헌신은 이 나라가 자랑하는 무사들의 표본과도 같다고 할 수 있었습니다. 그러니 이번 실수는 본국에 보고하지 않고 넘어가 드리도록 하죠."

"넓은 아량에 감사한다."

신유민 저하의 말에 엘리자베스는 갈리아식 인사를 한 뒤 뒤로 물러나며 나에게 속삭였다.

"존나 잘했죠?"

"……뭐라고요?"

"나 존나 잘했다고요."

저건 또 누가 가르친 말…….

난 키득거리는 상혁이를 보고 고개를 흔들었다.

아무래도 엘리자베스가 친구를 잘못 사귄 것만 같다.

엘리자베스의 연설이 끝난 뒤 백성엽은 작게 한숨을 내쉬고는 무표정하게 동생을 바라봤다.

신유민 저하가 이미 넓은 아량에 감사한다고 말한 이상 다른 장군들이 뭐라고 발언할 방법이 없었다.

여기서 백정엽을 선택한다면 국제적 문제가 될 것이고 자칫 잘못하면 무역이 끊길 수도 있다.

'해리슨 상회가 사 가는 비단의 양이 연 생산량의 3할이

었지.’

갈리아 제국에 수출량이 더 어마어마하기 때문이었다.

‘무역이 끊기면 안 되는 건 나나 왕국이나 마찬가지다.’

오직 권력에 눈이 먼 신태민은 신경 쓰지 않을 수도 있겠지만 적어도 생각이 똑바로 박힌 장군들이라면 신경 쓸 수밖에 없다.

신유민 저하는 기회를 놓치지 않고 말을 이어 갔다.

“누구 말을 믿어야 할지는 이제 답이 나온 거 같습니다만. 어떻습니까? 백성엽 장군님.”

백성엽의 몸에서 살기가 피어오른다. 그것을 느낀 백정엽이 재빨리 변명했다.

“혀, 형님. 비록 광명대가 상회 대표를 지켰을지는 모르지만 그들이 진을 붕괴시킨 건 사실입니다. 믿어 주십시오.”

아직도 저런 헛소리를 지껄인다.

패배를 인정하지 못하는 사람은 추한데 말이다.

그 순간이었다.

백성엽이 벌떡 일어나 백정엽에게 다가가 그의 따귀를 때렸다.

짝! 하는 소리와 함께 백정엽이 날아가고 백성엽은 모두 들으라는 듯이 크게 외쳤다.

“이놈이 감히 나를 속여! 허위 보고는 중형에 처하는 것도 몰랐단 말이냐? 밖에 있느냐?”

"네!"

무사들이 안으로 들어오자 백성엽이 말했다.

"죄인 백정엽과 이에 동조한 소대장들을 옥에 가두어라."

"넵!"

호오, 빠른 일 처리.

손절매(損切賣) 한번 제대로 하시는 분이었다.

"혀, 형님! 형님! 형님이 그러시지 않으셨습니까? 형님만 믿어라……."

"뭣들 하느냐? 당장 끌고 나가지 않고!"

백정엽이 절규와 함께 끌려 나가고 나는 그를 위해 묵념해 주었다.

'아이고, 곧 가시겠네.'

피도 눈물도 없는 백성엽이 자신을 망신시킨 사람을 용서해 줄 리가 없으니 말이다.

"소란을 일으켜 죄송합니다. 왕자 저하."

"괜찮다. 심려치 마라. 허위 보고는 괘씸하지만, 나찰을 보고 도망치는 거야 있을 수 있는 일이니 이해한다. 우리 서하가 특별한 것뿐이지."

무슨 자기 아들 자랑하는 것도 아니고 이거 낯간지럽게 왜 저러시는 건지 모르겠다.

나는 백정엽이 서 있던 상석으로 가서 말했다.

"자, 그럼 진짜 보고를 시작하겠습니다."

나의, 그리고 광명대의 기념비적인 첫 전투 보고였다.

백정엽이 끌려 나간 후 나는 대곤산맥에서 있었던 일을 무미건조하게 읊었다.

원래 전투 보고서는 그냥 감정 빼고 사건을 나열하듯 읽었다.

나찰의 등장.

광명대가 대응하고 백정엽이 대표와 함께 후퇴한 것.

기사단이 나찰과 싸우는 사이 무사들이 도망쳤으나 결국 마지막 대결에서 승리한 것까지.

솔직히 내 자랑을 더 섞고 싶었으나 그러면 내 이 완벽한 보고서에 흠이 생기니 참아야만 했다.

보고가 끝나자 신태민이 입을 열었다.

"그러니까 보고대로라면 나찰 넷을 너희 광명대와 순경대 둘이 막았다는 것이 되겠네."

"그렇죠."

사실 순경대는 아무것도 하지 못하고 당했으나 죽은 이들을 위해서라도 이름을 올려 주도록 하자.

"뭐, 사실상 광명대가 막은 것이라고 볼 수 있겠네. 대단한데?"

정확하다.

그나저나 신태민이 왜 우리를 저렇게 추켜세워 주는지 모르겠다.

또 무슨 말을 하려고 저러는 것일까?

"말이 된다고 생각하십니까? 저하."

백성엽은 마음에 들지 않는 듯 물었다.

사실 내가 생각해도 말이 되지 않는다.

선인 10명이 달려들어도 이기기 힘든 나찰들을 상대로 동수 대결을 펼쳐 밀어낸 꼴이었으니 말이다.

'아 물론 희생자는 이쪽이 훨씬 많지만.'

순경대는 물론 기사단, 그리고 도망치지 못한 다른 소대원들까지 합치면 적어도 20명은 죽었다.

나찰 한 명을 죽이기 위해서 말이다.

신태민은 나를 가만히 노려보더니 말했다.

"사실이니까 살아 돌아왔겠죠. 장군."

그의 말대로다.

보고대로 나찰을 밀어내지 못했다면 내가 이 자리에 있을 리가 없으니 말이다.

"이번 전투 보고는 여기까지입니다. 다만 한 가지 걸리는 점이 있습니다."

장군들의 시선이 다시금 나에게로 모아졌다.

"이번 사건은 혈족이 다른 4명의 나찰이 공격해 온 것입니다. 무리를 짓지 않는 나찰의 특성을 생각한다면 이례적인 일이 아닐 수 없습니다. 그렇기에 저는 나찰이 힘을 합쳐 군단을 만들고 있다는 가설을 세웠습니다."

"군단?"

"네, 아무리 그래도 수백은 아니겠죠. 하지만 뜻이 맞는 이들끼리 이삼십 명이 모여 습격해 온다면 무사 이삼백보다도 위협적일 것입니다."

그러자 한 장군이 무미건조하게 말했다.

"4명 정도가 함께 다닌다고 군단을 만든다는 것으로 비화하는 건 무리가 아닌가? 내 생각에는 흔하디흔한 반란 종자들 같은데."

저렇게 나올 줄 알았다.

사실 나도 이번에 박박 우길 생각은 없다.

"네, 하지만 만약 군단을 이루기 시작한다면 큰일이 될 겁니다."

예상하는 투로 말했지만, 곧 군단을 이룰 것은 확실하다.

"그러니 나찰들의 움직임을 보고 우리 병조에서도 이들을 상대할 군단을 편제하는 것이 맞다고 봅니다."

"난 찬성이다."

"네, 찬성할 실 줄……"

……알고 있었다가 아니고, 여기서는 반대가 나와야 하는 거 아닌가?

난 손을 들고 찬성이라고 말하는 신태민을 바라봤다.

저 인간은 또 뭔데 내 편을 들어 주는 걸까?

신태민의 속내를 몰랐다면 '아~ 사이좋은 형제가 나한테 힘을 주는구나~.'라고 넘어갔겠지만 신태민의 속을 뻔히 아는 이상 불안할 수밖에 없었다.

그런 내 마음을 아는지 모르는지 신태민은 말을 이어 갔다.

"준비해서 나쁠 건 없죠."

그러자 백성엽이 말했다.

"왕자 저하. 여기서 추가적인 편제를 하기 위해서는 무사들을 더 고용해야 합니다. 그렇게 되면 재정적으로……."

"압니다. 그러니 천천히 하죠. 지금 당장 할 필요는 없는 거 아니냐. 그렇지? 이서하 광명대장."

"네, 그렇습니다만……."

"그럼 됐다. 보고는 끝인 거 같은데. 더 할 말이 있나?"

"없습니다."

그쪽이 편들어 준 덕분에 없어졌습니다.

"그럼 우린 이만 나가 보지. 수고했네."

신태민이 자리에서 일어나 그와 같은 줄에 앉아 있던 장군들이 전부 일어나 뒤를 따랐다.

그리고는 밖으로 나가기 직전에 나를 향해 말했다.

"다시 보니 좋네. 이서하 참군."

으, 소름 돋아.

난 바로 신유민 저하에게 다가가 말했다.

"저 사람 왜 저럽니까?"

아무리 봐도 이상했다.

"난들 알겠느냐?"

그 똑똑한 신유민도 콧방귀를 뀌며 말했다.

"뭐, 지금이이라도 너를 포섭할 생각일 수도 있겠지. 뭘 준다고 해도 절대 넘어가지 말거라. 내가 두 배를 주마."

"세 배는 안 됩니까?"

신유민 저하는 나를 보고 피식 웃고는 고개를 절레절레 흔들며 나갔다.

진심인데 말이다.

Chapter 51.

Chapter 51.

밖으로 나온 신태민은 자신의 저택으로 향했다.

사무신(四武臣)과 함께 돌아온 신태민은 멍하니 천장만 바라보고 있었다.

이건하, 백성엽, 진명, 그리고 마지막으로 사무신(四武臣) 중 유일한 여성인 서아라도 함께였다.

말없이 신태민을 바라보던 백성엽은 신중하게 입을 열었다.

"왜 그러십니까? 왕자 저하."

"나찰을 이겼다고 한다. 은월단에서 도움을 요청할 만큼 공을 들인 작전 아니더냐. 절대로 어중이떠중이는 아니겠지.

이서하의 실력을 잘 아는 놈들이니 말이야."

백정엽이 호위대장이 된 것은 우연이 아니었다.

은월단에서는 이번 원정에서 이서하를 제거할 테니 호위대장을 가능한 무능한 인물로 선임해 달라고 했다.

거기서 백성엽은 동생을 추천했다.

죽어도 전혀 손해가 없으며 또 만약 이서하가 죽더라도 신태민 측과 관련이 없다는 것을 보여 줄 수 있었을 테니 말이다.

그런데 이서하가 살아왔다.

"나찰로 습격할 줄이야. 이놈들 진짜 장난 아니네."

신태민은 혀를 날름거렸다.

끽해 봤자 암부나 사용할 줄 알았는데 나찰이라니.

이거 일의 경중이 달라지고 있다.

"하지만 든든해. 나찰까지 부릴 수 있는 놈들이 우리와 한 배를 타고 있으니 말이야."

일단은 두고 볼 생각이었다.

은월단 처리는 왕이 되고 나서 생각해도 늦지 않았다.

"그보다 이서하 말이야. 너무 탐나."

이서하.

그저 평범한 천재 무사라고 생각했다.

평범한 천재라는 말에 모순이 있으나 절정 이상의 고수들은 모두 천재나 다름없다.

이서하도 그런 '평범한' 천재라고 생각했었으나 이제 생각을 고쳐먹어야 할 것만 같다.

"여기서 18살에 나찰과 싸워 이겨 본 자가 있는가?"

"……."

모두가 침묵했다.

그때 이건하가 말했다.

"만났으면 이길 수 있었을 겁니다."

"하긴 만났냐고 물어보는 게 순서긴 하지."

신태민은 피식 웃고는 말했다.

"그럼 솔직하게. 난 전투에 익숙한 나찰을 이길 수 있었다. 손."

신태민은 주변을 돌아보았다.

사무신들 중 단 하나도 손을 들지 못했다.

"그렇지? 우리 친구들은 솔직해서 좋아. 이길 수 없어. 인간은 18살에 나찰을 이길 수 없다. 그 나찰이 가축이었더라도 힘들 거야. 그런데 저 광명대는 나찰 넷을 상대로 다섯이서 싸운 셈이야."

"순경대도 있었다고 했습니다만……."

"에이, 그 범인(凡人)들이 뭘 했겠어? 그냥 공격 한 번에 곤죽이 되었겠지. 광명대가 한 거야. 그 꼬마들이 나찰을 상대로 싸웠다고. 말이 된다고 생각해?"

말이 안 된다.

백성엽 또한 그렇게 생각하고 있었다.

"탐나. 너무 탐나! 왜 그런 호걸이 내 형님 옆에 붙어 있는 것이야!"

신태민은 흥분한 듯 탁자를 치다가 벌떡 일어났다.

"지금까지는 없어도 된다고 생각했다."

평범한 천재들은 널리고 널렸다.

신태민의 밑에도 그런 이들은 양손으로도 다 셀 수 없을 정도로 많았으니까.

하지만 이서하는 다르다.

"무신의 재림이라면 다르지."

청신(靑申) 가문의 무신(武神) 이강진.

그의 아들들은 하나같이 실망스러운 길을 걸었다.

하지만 손자 이건하는 달랐다.

조금은 무신의 모습이 보였고 그렇기에 신태민도 이건하와 친하게 지낸 것이었다.

이강진의 피를 이어받은 그가 언젠가 차기 무신(武神)이 될 거라 믿었으니 말이다.

그리고 이건하는 잘해 주고 있었다.

조금 아쉽긴 하나 평범한 천재들과는 다르게 진짜 천재의 모습을 보여 주었다.

하지만 이서하는 격이 다르다.

"진짜 무신은 네 동생이었나 보다. 건하야."

"……."

이건하는 침묵했다.

신태민은 미소를 짓고는 말했다.

"이서하는 내가 가져야겠다. 그럼 광명대도 따라오겠지."

이서하만 포섭하면 광명대는 내 것이다.

신태민은 그렇게 생각했다.

"은월단한테 말해라. 이서하는 건들지 말라고."

가져야겠다고 생각한 것은 무조건 가져야만 한다.

그것이 신태민의 방식이었다.

"기대되네."

이서하를 얻게 될 그날이 너무나도 기대된다.

◆ ◈ ◆

성도(成都).

김성필은 매일 연회를 열었다.

동생이 실패하고 왔을 때는 미친 사람처럼 욕을 하며 물건들을 집어 던졌던 그였다.

"이 개새끼가! 네가 그놈을 봐주지 않고 죽이지 못할 리가 없지 않느냐!"

그렇게 검까지 휘둘렀으나 김희준은 슬쩍슬쩍 피하며 형이 지치기를 기다렸다.

"이 자식이이이이이이! 억!"

김성필은 그렇게 뒷목을 잡고 넘어가 일어나지를 못했다.

하지만 어느 날 수도에서 희소식이 날아들었다.

바로 이서하가 임무 중 죽었다는 소식이었다.

그날부로 김성필은 자리를 박차고 나와 축제를 벌였다.

비록 자신의 손으로 복수를 하진 못했지만 하늘이 천벌을 내렸다고 생각했다.

이서하의 생존 소식이 들려오기 전까지는 말이다.

"호위대장이었던 백정엽 선인의 거짓 보고였다고 합니다."

"……그러니까 그놈이 살아 있다고?"

연회는 바로 종료되고 김성필은 반쯤 미쳐 지내기 시작했다.

"표두(鏢頭)님. 이러다가 정말 큰일 납니다. 가주님의 결재가 너무 밀려 모든 일이 중단된 상태입니다. 이제 한계입니다."

"그래? 그게 문제가 되나? 밥은 잘 먹고 살 수 있는데."

김희준은 고개를 갸웃하다 말했다.

"그래도 걱정은 되네."

걱정은 됐다.

정확히 말하면 형님이 이상한 짓을 하지 않을까, 그래서 서하를 자신의 손으로 벨 수 없게 되지는 않을까 하는 걱정 말이다.

"내가 한번 상황을 보고 오지."

김희준은 김성필의 침실로 향했다.

그곳에는 눈이 움푹 들어간 한 폐인이 앉아 있었다.

김희준은 작게 숨을 내쉬고는 말했다.

"뭐 하십니까? 이서하야 또 죽이면 되지 않습니까?"

"어떻게? 그 아수라장에서도 살아 나왔는데 어떻게 죽이냐? 너도 못 죽이지 않았느냐?"

"기회야 또 있겠죠."

"내가 죄인이다. 아들이 죽었는데, 그 원수가 저렇게 승승장구하는데 아무것도 못 하고 있어. 내가 죄인이야. 그래서 말인데."

김성필은 벌떡 일어나며 말했다.

"청신과 전쟁을 하는 건 어떠냐?"

"……미쳤습니까? 그 늙은이 죽기 전까지는 절대로 안 됩니다."

고통을 느끼지 못한다고 겁이 없는 것은 아니다.

청신의 이강진은 김희준에게도 공포의 대상이었다.

"아니야, 가능해. 신태민 저하랑 같이하는 거야. 그러면 돼. 우리가 기습으로 수도에 불을 지르고 너와 내가 이서하를 죽이는 거야."

"……아, 이 인간 미쳐 버렸네."

김희준은 머리를 긁적였다.

형과 친하게 지낸 이유는 하나.

그가 성도를 잘 지배해 주고 있기 때문이었다.

형이 가주로서 성도의 모든 것을 도맡아 준 덕분에 김희준은 자기가 원하는 고문과 사냥을 마음껏 할 수 있었으니 말이다.

그런데 형이 미쳐 버렸다.

이러다가는 성도의 평화가 깨진다.

자신의 일상이 부서진다.

거기까지 생각을 마친 김희준은 고개를 끄덕이며 일어났다.

"알겠습니다. 알겠습니다. 그렇게 지환이에게 미안하시면……."

"그래! 잘 생각했다. 우리가 같이 가면 그 꼬맹이 정도는 못 죽일 리가 없지."

"아니, 그게 아니라."

김희준은 말과 동시에 김성필의 얼굴을 향해 주먹을 날렸다.

퍽! 하는 소리와 함께 김성필의 목이 돌아갔다.

"그렇게 미안하면 지환이한테 직접 사과하십시오. 형님."

그때였다.

"힉! 가주님!"

문을 열고 들어오던 하인이 화들짝 놀라며 밖으로 뛰어가기 시작했다.

"아…… 귀찮게."

김희준은 도망치는 하인을 잡아 죽인 뒤 주변을 돌아봤다.

마당에는 가주를 모시는 하인들이 많았다.

"쯧, 뭐, 위에서도 하인은 필요하시겠지."

목격자도 없애야 하니 말이다.

"으아아아아아아악! 살려 주십시오! 살려 주십시오!"

"꺄아아악! 제발!"

비명과 피바람이 부는 날, 성도의 주인이 바뀌었다.

모든 사건이 종료되고 다음 날.

난 은악의 자금으로 엘리자베스가 이번 무역에서 사용할 대금을 마련해 주었다.

엘리자베스가 해리슨 상회의 대표로 자리를 확고히 하기 위해서는 이번 거래를 성공적으로 성사시킬 수 있어야 하니 말이다.

해리슨 상회에 물건을 주문하고 1년을 기다렸던 고객들은 난리가 났으나 그 원망은 대부분 백정엽에게로 향했다.

그리고 나중에 안 사실이었는데 청매소를 주문한 것은 운성의 한백사였다고 한다.

'별로 미안해할 필요는 없겠어.'

어차피 못 받았을 물건이니 말이다.

그렇게 필요한 비단, 차, 도자기 같은 물건들을 주문하고 며칠 뒤 경인항.

물건이 모두 도착하고 엘리자베스와 빅터는 갈리아 제국으로 떠날 채비를 했다.

"감사합니다. 덕분에 큰 손해 없이 돌아갈 수 있겠네요."

"대신 꼭 갚으셔야 합니다. 이자까지 쳐서 말이죠."

나는 방금 작성한 따뜻한 차용증을 흔들었다.

"물론이죠."

사실 차용증만 받고 돈을 빌려준 것은 아니다.

엘리자베스는 괜찮은 사람처럼 보이지만 상인이라는 것들은 전부 돈에 미친 족속들이었으니 고작 종이 한 장으로 믿을 수는 없지.

"그리고 다음 거래는 저를 통해서 하는 것을 잊지 말아 주세요."

"네, 대신 약속한 호위에 신경 써 주세요. 이번 같은 일을 또 겪고 싶지는 않네요."

"물론입니다."

엘리자베스가 직접 왕국을 돌며 특산품을 사들이는 과정을 없애고 은악에서 날짜에 맞추어 물건을 준비해 엘리자베스가 도착하자마자 바로 선적하는 방식으로 된 것이다.

대신 청신이 무료로 엘리자베스의 호위를 맡아 주었다.

양쪽 나름 이득이 되는 계약이었다.

나야 수수료를 받으면서 더 많은 전쟁 자금을 비축할 수 있고 엘리자베스는 편하게, 그리고 안전하게 무역을 할 수 있을 테니 말이다.

게다가 이 계약은 신유민 저하도 끼어 있었으니 왕가에서 뭐라고 할 이유도 없었다.

"큰 빚을 졌다. 혹시라도 네가 갈리아 제국에 온다면 내가 책임지고 호위해 주지."

"그러려면 실력 많이 키워야 할 텐데."

"하하하, 그렇겠군."

빅터는 웃으며 나와 악수를 한 뒤 배로 올라갔다.

엘리자베스는 배 위에서 내 친구들에게 손을 흔들며 외쳤다.

"존나 고맙다!"

저거 아직도 정정 안 해 줬구나.

"풉, 귀엽지 않냐?"

상혁이의 말에 박민주가 침울한 얼굴로 중얼거렸다.

"상혁이는 저런 말투를 좋아하나?"

아니, 뭔가 잘못 잡았다.

그냥 이놈은 말이 서툰 엘리자베스가 귀여울 뿐이니까.

어쨌든 이제 갈리아 제국에 가더라도 예전처럼 맨땅에 머리 박을 일은 없다.

그렇게 거대한 상단 배들이 떠나고 나는 몸을 돌려 아직 상처가 다 낫지 않은 친구들을 바라봤다.

"우리는 이제부터 한 달간 휴가인데. 어떻게 할래?"

그러자 아린이가 말했다.

"당연히 너희 집으로 가야지."

"우리 집?"

"응, 아버님이 편찮으시다며. 괜찮으신 거 맞지?"

아무래도 아버지가 아프다는 소식을 들은 것만 같다.

"이제는 괜찮으실 거야."

청신에서 소식을 전해 주던 이들에 의하면 이제 다시 일을 시작할 정도로 상태가 호전되셨다고 한다.

걱정할 필요는 없을 것만 같다.

"그래도 찾아봬야지."

"나도 가겠다. 우리 대장 아버님인데 한 번은 봬야지."

"나도! 나도!"

주지율과 박민주가 말했고 상혁은 고개를 끄덕이며 말했다.

"그럼 나도 가자. 수련도 더 해야 할 것만 같고."

나찰과 일대일로 붙어 유일하게 패배한 것이 바로 상혁이였다.

사실 아린이야 나찰 그 자체나 다름없고, 나야 수명 몇 년은 갖다 버리면서 어떻게든 비빈 것이지만 상혁이 입장에서 보면 조급할 수밖에 없지 않을까.

"그래? 그럼 다 같이 가지 뭐."

안 그래도 수련을 다시 시켜 줘야 할 것만 같다고 느끼던 차였다.

아린이야 문제없지만 상혁이, 지율이, 그리고 민주까지도 더 강해져야만 한다.

"그럼 가 보자."

남은 한 달을 알차게 보낼 수 있을 것만 같다.

청신산가(靑申山家).

청신에 도착한 지 벌써 일주일이 지났다.

아버지와 인사를 나눈 내 친구들은 바로 할아버지의 손에 맡겨졌다.

그 이후는 생각하는 대로였다.

지율이와 민주는 한 번도 경험해 보지 못한 지옥 훈련의 시작이었다.

"쯧쯧쯧, 이 두 놈은 아주 약하구나."

할아버지는 혀를 차며 지율이와 민주에게 잔소리를 하기 시작했다.

"너희는 이제 학생이 아니다. 정식 무사라면 자기 소대에 피해는 주지 말아야 한다. 체력과 경공의 수준을 늘리지 못하면 너희는 저 셋을 따라갈 수 없다."

"……."

"알겠느냐? 대답!"

"네!"

그렇게 두 사람은 미친 듯이 구르기 시작했다.

난 아버지와 함께 친구들이 들어갈 약탕(藥湯)을 만들며 수련을 지켜보았다.

"아버지가 신이 나셨구나. 새로운 장난감이 들어온 얼굴이시던데. 이러다가 신평 가문에서 항의 들어오는 거 아니냐?"

"감사하다고 할걸요? 박진범 가주님은."

무신에 대한 존경심이 있는 사람이니 박민주가 수련받고 있다는 것에 아주 기뻐하고 계시겠지.

"두 사람은 꽤 실력이 많이 는 거 같긴 하구나. 하긴 저렇게 굴리면 실력이 좋아질 수밖에. 나도 장원 급제를 할 정도였으니까. 어우, 안 좋은 과거가 떠올랐어."

아버지의 말대로 지율이와 민주의 실력은 하루가 다르게 성장했다.

하지만 문제는 아린이와 상혁이였다.

'저 둘은 이미 이런 식의 훈련으로 성장하기 힘들단 말이지.'

묵묵히 수련하는 아린이와 상혁이는 별달리 힘든 기색도 없었다.

이미 폭발적인 성장은 끝났다는 뜻이었다.

물론 할아버지처럼 몇십 년간 하루도 빼놓지 않고 고강도 수련을 한다면 실력이 좋아질 수밖에 없다.

그러나 나에게는 그럴 시간이 없다.

저런 원시적인 수련은 수련대로 하면서도 문제점을 딱딱 짚어 줄 수 있는 사람이 필요했다.

'그리고 그런 사람을 하나 알고는 있지.'

바로 신로심법의 창시자이자 회귀 전, 내 첫 번째 스승님이라고 할 수 있는 인물이었다.

'아주 귀신같이 문제점을 찾아냈었지.'

얼마나 귀신같았냐면 내 움직임만 보고도 문제점을 찾아낼 정도였다.

'넌 존재 자체가 문제다.'라면서 말이다.

"……."

안 좋은 기억이 떠올랐다.

어쨌든 무재능에 무공에 있어서는 아무런 통찰력도 없던 내가 지금 이만큼의 이해력을 가지게 된 것은 스승님의 덕이 컸다.

기본부터 심화 과정까지 알아듣기 쉽게 설명해 주었으니 말이다.

'아마 지금의 나와 상혁이, 그리고 아린이에게 필요한 것은.'

사소한 문제점을 정확하게 짚어 줄 수 있는 그런 스승이었다.

'할아버지도 좋은 스승님이긴 하지만…….'

좋게 말하면 정석적이고, 나쁘게 말하면 무식하다.

탈(脫)인간급으로 외공과 내공만을 쌓아 상대를 힘으로 찍어 누르는 방식은 오직 할아버지만 가능한 방법이니 말이다.

'슬슬 찾아볼까?'

무사도 되었으니 슬슬 우리 스승님을 찾아봐야겠다.

'근데 지금은 뭐 하고 계시려나?'

과거의 이야기는 절대로 안 하시던 분이라 아는 거라고는 이름과 얼굴밖에는 없다.

'이름만 알아도 찾아볼 만은 하지.'

이번 휴가가 끝나면 찾아보도록 하자.

'그리고 상혁이에게는…….'

극양신공을 가르쳐 줄까?

'고민이네.'

나야 전생에 벽에 똥칠할 정도로 오래 살았으니 이번 생에 미련이 없다.

하지만 상혁이는 다르다.

극양신공을 가르쳐 주면 녀석은 정도를 모르고 사용할 것이고 그렇게 되면 나와 함께 40대에 요절할 것이다.

'아니야, 미래도 생각해야지.'

상혁이는 내가 떠난 후 이 나라의 기둥이 되어야 한다.

할아버지도 없고, 나도 없으면 상혁이가 이 나라의 대들보가 되어야 하지 않겠는가.

'극양신공 없이도 강한 녀석이니까.'

일단은 보류하자.

만약 상혁이의 실력이 끝까지 올라오지 않는다면 그때부터 가르쳐 줘도 상관없을 것이다.

기술 습득력만큼은 왕국 제일이니까.

"서하야. 항아리 내놓아라. 곧 수련 끝나겠구나."

"네, 아버지."

난 사람 하나는 족히 들어갈 항아리에 물을 채운 뒤 약초를 넣어 끓였다.

'기묘년(己卯年)에 남은 다른 사건은…….'

상단은 지켰다.

사소한 사건을 제외하고 가장 큰 사건을 생각하자면…….

'전쟁이 있었지.'

작은 규모의 전쟁이 일어난다.

남쪽에 있던 산적들의 세가 점점 불어나니 남주(南州) 오씨 가문에서 지원을 요청한다.

그리고 이를 요격 나가는 것이 바로 신태민이다.

'내가 신경 쓸 일은 아닌가?'

신태민은 산적들의 치고 빠지기에 고전한다.

남부는 숲이 우거지고 고도가 들쭉날쭉한 데다가 강이 미로처럼 흘러 전쟁을 하기 좋은 곳은 아니니 말이다.

'뭐 고전하다 오라지.'

결국 신태민이 승리해 남주 오씨의 지지를 얻게 되지만 그건 그렇게 신경 쓸 일이 아니다.

어차피 왕자의 난은 수도에서 일어나니 저 멀리 남주는 별로 도움이 되지 않으니 말이다.

"자! 오늘 수련은 여기까지다."

"감사합니다!"

친구들이 우렁차게 외치는 소리를 들으며 나는 불을 끈 뒤 차가운 물을 부어 적당한 온도로 맞추었다.

"자자, 다들 오세요. 목욕탕 준비되었습니다."

일단은 스승님부터 찾자.

'분명 스승님 이름이…….'

"야! 김한결! 당장 튀어 오지 못해!"

"네네네! 죄송합니다. 아, 7번 선배가 시킨 일이 아직 남아서."

"쯧쯧쯧, 눈치 봐 가면서 일해야 할 거 아니야?"

"하하하, 죄송합니다."

30살의 중급 무사 김한결은 멍청하게 웃으며 머리를 긁적였다.

소대의 10번 무사.

막내인 그를 예쁘게 보는 사람은 없었다.

백의선인인 소대장은 그렇게 대원들을 불러 모아 놓고 입을 열었다.

"자, 그럼 지금부터 훈련을 시작하겠다. 말하는 대로 진을 만들도록."

"네!"

대부분의 소대는 주기적으로 모여 훈련을 받았다.

무공 실력 향상은 개인의 몫이었지만 소대가 유기적으로 움직이기 위해서는 정기적으로 훈련할 필요가 있었다.

"그럼 갑진(甲鎭)."

갑진이라는 구호에 무사들은 재빨리 움직였다.

김한결 역시 자기가 맡은 자리로 빠르게 움직이며 주변을 살폈다.

"바로 을진(乙鎭)으로 변경하라."

적이 알아듣지 못하게 암구호로 정해진 명령에 소대원들은 재빨리 대응했다.

열 번 정도 더 진을 바꾼 뒤 훈련은 끝이 났다.

소대장은 만족한 듯 입을 대원들을 칭찬했다.

"좋아. 완벽했다."

그리고 대원들이 흡족한 미소를 지을 때였다.

"저, 소대장님."

김한결이 손을 들었고 모두가 그럴 줄 알았다는 듯 한숨을 내쉬었다.

소대장 역시 예상했다는 듯 그에게 말했다.

"또 뭐냐?"

"3번 선배님이 갑진으로 변경할 때 반박자 늦었습니다. 그때 공격을 당한다면 중앙이 무너집니다. 한 번 더 해 봐야 한다고 생각합니다."

"……내가 늦었다고? 네가 그걸 어떻게 아는데?"

3번 무사가 쌍심지를 켜고 말하자 김한결이 당황한 듯 말했다.

"제가 보고 있었으니 알죠."

"정신없이 움직이는 와중에 그걸 본다고? 아니, 네가 본다고 알아?"

"네. 보이고. 전 보면 압니다."

"씨발, 진짜. 저 새끼가!"

"에이, 선배가 참아요. 저러는 거 하루 이틀이에요?"

7번 무사가 분위기를 풀려고 할 때였다.

"아, 7번 선배는 입에 고춧가루 껴 있습니다. 방금 말할 때 보였어요."

다시 분위기가 얼어붙고 소대장은 한숨과 함께 말했다.

"훈련은 끝이다. 저 새끼는 너희가 알아서 교육해라."

소대장이 멀어지자 김한결이 다짜고짜 외쳤다.

"아니, 완벽하지 않은데 훈련을 끝내면……."

그 순간 3번이 김한결을 발로 차 넘어트렸고 모두가 그의 앞으로 몰려들었다.

김한결은 머리를 긁적이며 머쓱하게 말했다.

"제가 뭐 실수했습니까?"

"밟아."

김한결.

회귀 전, 서하의 첫 번째 스승이 되는 인물이었다.

청신에서의 휴가는 순식간에 지나갔다.

사실 휴가라고 할 수도 없었지만 말이다.

지율이는 수련이 만족스러웠는지 만족한 시체가 되어 돌아왔고 민주는 그냥 반송장이 되어 돌아왔다.

둘 다 반 죽은 상황인 건 마찬가지였지만 말이다.

청신에서의 휴가를 끝내고 광명대 회의실로 돌아온 나는 지금까지 있었던 일과 앞으로 해야 할 일을 정리했다.

'일단…… 이주원부터 생각해 보자.'

가장 먼저 떠오른 것은 홍등가의 방주, 이주원이라는 인물이었다.

금수란의 사건으로 알게 된 이름.

최소 은월단의 간부로 추정되는 인물이었다.

'하지만 정체를 알 방법이 없단 말이지.'

홍등가는 치외 법권이다.

외가(外街)의 경우 민간인도 출입 가능했으나 내가(內街)는 다르다.

오직 극소수의 허가받은 이들만이 출입할 수 있으며 왕국 정보부라도 허가 없이 숨어들었다가 들키면 쥐도 새도 모르게 죽을 수 있는 곳이었다.

수도 안의 작은 국가.

그것이 홍등가다.

지배자인 이주원에 대한 신상정보를 알아내기는 후암의 도움을 받더라도 힘들 것이다.

'천천히 해 보자.'

당장 급한 일은 아니니 천천히 알아보도록 하자.

왕자의 난이 끝나기 전까지 은월단은 발톱을 보이지 않을 테니 말이다.

나는 조금 더 현실적이고 급한 일을 떠올렸다.

바로 나의 전 스승님을 찾는 일이다.

"김한결. 현재 백의선인으로 추정."

스승님은 자신의 과거에 대해 잘 말씀하지 않으셨으나 간혹 과거의 영광에 대해 말해 주었다.

부대원들의 수련을 도와줬던 일.

홀로 퇴로를 확보했던 일.

어린 나이에 선인이 되어 영웅적인 소대를 이끌었던 일까지.

만약 그 말이 전부 사실이라면 지금도 꽤 유명하지 않을까.

"후딱 해치워 버리자."

스승님을 찾는 건 그리 어렵지는 않을 것이다.

그렇게 생각했었다.

그로부터 몇 달 뒤.

어느덧, 봄의 꽃샘추위가 지나가고 여름이 찾아왔다.

그리고 나는 내 스승 김한결에 대한 단서를 전혀 찾지 못했다.

"뭐야? 왜 없지? 수도는 다 찾아본 거 같은데……."

난 지율이와 상혁이가 마수를 잡는 것을 구경하며 생각에 잠겼다.

"뭐가 잘못된 거지? 수도에는 없나?"

병조에 가 확인해 본 결과 선인 중 김한결이라는 이름을 가진 자는 없었다.

혹시나 누락되었을까 다른 선인들에게도 물어보았지만 그런 이름을 들은 자는 없었다.

'다른 지역에서 활동하셨나?'

그래도 병조에는 이름이 있어야 하는데.

그것도 아니라면 아직 재야에 묻혀 있는 것일까?

고수 중에도 무과를 보지 않고 유유자적 지내는 이들이 있었으니 가능성이 없는 건 아니었다.

'지금이 아니라 전쟁 때 병조에 등록하고 대장이 되었을 수도 있지.'

그럼 찾기가 힘들어지는데 말이다.

지금이라도 후암의 인력을 빌려야 할까?

'너무 쉽게 생각했어.'

생각해 보면 나한테 무공을 가르쳐 줄 때 빼고는 제대로 대화를 해 본 적이 없었다.

조금만 더 수다스러웠다면 좋았을 텐데 말이다.

자기는 말을 많이 하는 게 문제라나 뭐라나.

가끔 말이 많아지려고 하다가도 입을 꾹 다물기 일쑤였다.

'술을 더 먹였어야 해.'

그나마 술이 들어가면 조금은 입을 열었었는데 말이다. 그랬으면 조금은 더 이야기를 들을 수 있지 않았을까?

그때였다.

"잡았다!"

박민주의 외침과 함께 나는 시선을 돌렸다.

화살이 10개는 꽂힌 거대한 마수의 위에 상혁이와 지율이가 지친 듯 앉아 있었다.

상혁이는 한숨과 함께 말했다.

“무슨 거흑랑(巨黑狼)이 이렇게 크냐? 어우, 한 번 싸우고 나니 더워 죽겠다.”

“수고했어. 실력 많이 좋아졌네.”

나는 자리에서 일어나며 말했다.

“자, 그럼 들고 가자.”

“……들고 가자고?”

“응, 그럼 버리고 갈 거야? 그거 가죽만 해도 얼마인데. 셋이 가위바위보 해라.”

“너는?”

“대장은 이런 거 하는 거 아니야.”

원래 대장은 저런 걸 하는 게 아니다.

그때 박민주의 비명이 들려왔다.

“꺄아아아악! 남자는 주먹이라며! 주먹이라며!”

가위바위보에서 진 것은 박민주였다.

그때였다.

남악을 넘어온 전령이 긴장한 얼굴로 내 옆을 스쳐 지나갔다.

깃발을 보니 붉은색이다.

다른 지역의 가주가 수도에 지원을 요청한다는 뜻이었다.

‘시작됐구나.’

기묘년의 두 번째 사건.

남주 전투가 시작된 것이었다.

"뭐, 나랑은 상관없는 일이지."

신태민이나 개고생하고 오라고 하면 된다.

◆ ◈ ◆

대청(臺廳).

전령이 도착하자마자 모든 관료가 대청으로 모였다.

서신을 확인한 신유철은 갑옷까지 챙겨 입고 온 둘째 손자를 보고는 말했다.

"남주에서 원군 요청이 들어왔다. 누가 갈 테냐?"

"제가 가 보겠습니다. 전하."

신태민이 말하자 신유철은 예상했다는 듯 고개를 끄덕였다.

"그럼 군을 편제해 바로 출발하도록 하라."

신태민은 될 수 있는 한 모든 전투에 참여하려 했고 그것으로 주요 관료들은 물론 선인들과 왕국의 백성들에게도 전쟁 영웅이라는 칭호를 얻었으니 말이다.

그렇게 간단한 회의가 끝나려는 순간이었다.

"네, 그런데 한 가지 청이 있습니다."

"말해 보아라."

"이번 원정에 광명대를 데려가고 싶습니다."

순간 신유민이 표정을 굳히며 말했다.

"광명대는 아직 전투 경험이 많지 않은 18살 아이들로 이루어진 작은 소대입니다. 인간들끼리 죽고 죽이는 전쟁터에 나가기에는 시기상조라고 생각합니다."

"나이가 아무리 어리더라도 무사입니다. 살생을 두려워하는 무사가 어디 있단 말입니까? 형님."

"굳이 좋지 않은 경험은 어린 나이에 할 필요는 없지. 마수와 싸우며 조금 더 경험을 쌓은 뒤 전쟁터에 나가도 늦지 않다."

"나찰도 이긴 아이들입니다. 이서하 상급 무사의 명성은 날이 갈수록 높아지고 있습니다. 저도 직접 그의 실력을 보고 싶군요."

"고작 그런 이유로 자랄 수 있는 새싹을 위험한 전쟁터로 데리고 가겠다는 말이냐? 나는 동의할 수 없구나."

"위험이라 하셨습니까? 나찰도 이긴 아이들이 고작 산적을 상대하는데 뭐가 위험하겠습니까? 저야말로 형님의 생각을 이해할 수가 없군요."

"그만."

두 사람의 언쟁을 보고 있던 신유철이 개입해 끊었다. 그러자 신태민이 기다렸다는 듯 말했다.

"편제는 저에게 맡기겠다 하셨습니다. 광명대가 형님만을 위한 특수 부대가 아니라면 이번 전투에 데리고 가도록 하겠습니다."

광명대는 병조에 등록된 일개 소대일 뿐이었기에 편제를

맡은 신태민이 데려가겠다고 하면 말릴 길이 없었다.

그렇기에 여기서 신유민의 손을 들어 주면 그를 편애하고 있다는 것을 모든 관료들에게 보여 주는 꼴이 되어 버린다.

신유철은 피식 웃고는 말했다.

"편제는 맡겼다. 알아서 해 보거라."

"성은이 망극하옵니다, 전하. 저는 바로 출정 준비를 하겠습니다."

신유민은 신이 난 듯 대청을 떠나는 신태민을 바라보다 혀를 찼다.

'무슨 생각이냐? 신태민.'

동생이 무슨 생각을 하고 있든 이제는 이서하가 알아서 잘 해 주길 바랄 뿐이었다.

- 광명대는 속히 남주(南州)로의 출정을 준비해 내일 진시(辰時)까지 병조(兵曹)로 오라.

광명대의 회의실로 날아온 서신 한 장에 나는 할 말을 잃었다.

"이게 무슨 개소리야?"

우리가 왜 남주(南州)를 가?

바로 옆에서 서신을 확인한 상혁이가 놀라 말했다.

"뭐야? 신태민 왕자님이 총대장이야? 이거 우리 쥐도 새도 모르게 죽는 거 아니냐?"

설마 그러겠는가?

신태민은 전쟁 영웅이 되기 위해 가능한 모든 전투에 참여했고 어느 정도 입지를 다져 가고 있었다.

백성엽과 함께 현재 가장 뛰어난 명장 중 하나로 이름이 거론되고 있었고 앞으로 그 이름을 지켜 가고 싶을 것이다.

그런데 나를 죽인다?

그랬다가는 별것도 아닌 산적을 상대로 장래가 창창한 후배를 죽인 지휘관이 되고 만다.

허남재가 그런 걸 허락할 리가 없지.

'아마 나를 포섭하려고 의도겠지.'

이번 전쟁에서 어떻게든 나를 설득해 자신의 부하로 만들 생각일 것이다.

'나만 편을 들어 준다면 신유민 저하의 무(武)는 사라지는 셈이니까.'

나는 신유민 저하가 가진 무(武)의 상징이니 말이다. 죽이는 것보다 포섭하는 편이 훨씬 이득이긴 하지.

'절대로 그쪽으로 갈 생각은 없지만 말이다.'

미래를 모른다면 고민했겠지만, 미래를 아는 이상 나에게 선택지는 하나뿐이다.

"사람은 바뀌지 않지."

신태민은 신태민일 뿐이다.

아무래도 스승님을 찾는 건 조금 미뤄야 할 것만 같다.

"자, 준비하자. 애들한테도 전해 줘."

"남쪽은 더 더운데."

"그러니까 말이다."

아무래도 신태민과 같이 개고생해야 할 것만 같다.

그렇게 다음 날.

나는 약속 장소에 모여 출정식이 시작되기를 기다렸다.

신태민의 직속군이라고 볼 수 있는 소대들은 서로 친한지 인사를 나누었으나 이방인인 우리 광명대는 눈에 띄지 않게 구석에 박혀 있을 뿐이었다.

"진짜 많네. 근데 다들 아는 사이인가 봐."

"다 백성엽 장군님의 사단(師團)에 속한 소대니까."

한마디로 우리 광명대는 한 번도 같이 훈련해 본 적 없는 용병 같은 느낌이라는 것이다.

동질감보다는 이질감이 더 크겠지.

그리고 그때였다.

한 남자가 껄렁껄렁 걸어오더니 나에게 말했다.

"너희가 광명대냐?"

일부러 구석에 자리 잡고 찌그러져 있는데 굳이 와서 말을 걸어 준다.

환영하는 분위기라면 반기지 않을 이유가 없지만 아무래도 정반대 같다.

남자는 탐탁지 않은 얼굴로 말했다.

“고작 작은 호위 임무 하나 해냈다고 우리 2사단에 들어오다니 말이야…….”

작은 임무는 아니었는데 말이다.

백야차 같은 놈이랑 싸우는 게 작은 임무라면 바로 은퇴하고 농사나 지으며 사는 게 편할 것이다.

아무래도 이놈은 우리가 나찰 넷과 싸웠다는 사실을 모르는 모양이었다.

만약 나찰과 싸웠다는 걸 들었더라도 믿지 않았겠지.

나 같아도 이제 막 무과를 통과한 무사가 나찰과 싸워 살아남았다고 하면 믿지 않았을 것이다.

남자는 그렇게 혀를 차며 말을 이어 갔다.

“전쟁은 너희가 지금까지 해 온 그런 작은 임무와는 차원이 다르다. 수백의 마수와 싸우고, 수천의 무사와 싸우는 일이다. 나대지 말고 뒤에 처박혀 있어. 알았나?”

텃세라는 건가?

이 정도 텃세라면 귀여운 정도다. 어차피 전투가 벌어지면 실력을 증명할 수 있으니 이 자리에서 싸울 필요는 없다.

그렇게 생각하고 고개를 끄덕이려고 할 때였다.

“우리가 뒤에 처박혀 있어야 할 거 같은데요?”

"……."

어디서 본 듯한 남자다.

나에게 시비를 걸던 남자는 뒤를 돌아보고는 눈을 질끈 감았다.

그 와중에도 갑자기 나타난 남자는 말을 이어 갔다.

"아, 이거 흥미롭네. 이거 우리 소대가 다 덤벼도 광명대장 못 이길 거 같은데요? 와, 근데 다들 어떻게 이렇게 수련했지? 내공의 흐름이…… 우와."

목소리도 어디서 들은 것만 같다.

"야, 이 새끼 데려가! 빨리!"

"저기요. 광명대장님이죠? 다 같은 방식으로 내공심법을 수련한 겁니까? 원리가 뭡니까? 요즘 내가 그 내공심법을 한 가지 만들고 있는데……."

그때 뒤에서 같은 부대원으로 보이는 남자가 뛰어왔다.

"아! 김한결 이 새끼야! 너 그냥 가만히 있으랬지? 죄송합니다. 대장. 제가 잠시 한눈파는 사이에……."

"됐고. 빨리 데려가. 후우. 아이씨, 망했네. 기선 제압해야 하는데."

다 들린다.

"그런데 말입니다. 방금 그분 이름이…… 김한결?"

"그래, 맞아. 후우, 저 또라이 진짜."

"……."

스승님.

선인이었다면서요? 그냥 또라이잖아요.

술 마시고 한 말을 그대로 믿은 내가 바보였다.

◆ ◈ ◆

출진 한 시진 전.

신태민은 사무신(四武臣)들을 모아 마지막으로 작전 회의를 시작했다.

보급의 경로, 행군의 속도, 남주의 상황 등 전체적인 회의를 마치자 허남재가 말했다.

"광명대를 끌어들였다고 들었습니다."

"맞아. 직접 실력을 보고 싶어서 말이야. 우리 실력도 좀 보여 주고."

허남재는 슬쩍 고개를 돌려 사무신들을 바라봤다.

진명이야 원래 신태민이 죽으라면 죽는 사람이었으니 자신의 의견이 없었으나 백성엽과 이건하의 표정은 좋지 않았다.

서아라만이 유일하게 즐거워 보였다.

"오오, 그럼 그 유명한 광명대의 실력을 볼 수 있는 겁니까? 나찰을 잡았다는 실력을 보고 싶네요."

"나설 기회가 있을지는 모르겠지만 그럴 수도 있지."

신태민과 서아라가 기대를 숨기지 않을 때 허남재가 말했다.

"그냥 죽이시는 건 어떻습니까? 이전까진 많이 실패해 왔으나 지금보다 좋은 기회는 없습니다."

허남재는 이서하를 아주 높게 평가하고 있었다.

신평에서 살아나온 뒤 이서하는 많은 견제를 받았으나 지금까지도 사지 멀쩡하게 살아 있었다.

게다가 신태민이 아니라 신유민을 선택한 것도 그렇다.

어린 나이, 거기에 무사라면 골방에 박혀 책이나 보는 신유민보다는 전쟁터에서 활약하는 신태민이 훨씬 매력적인 존재가 아닌가?

그런데도 신유민의 심복이 되었다는 것은 속에 어떠한 신념을 가지고 있다고밖에는 볼 수 없었다.

쉽게 포섭되지는 않을 터.

이번 기회에 제거하고 가는 것이 옳다.

"사무신이 있고 전쟁이라는 특수한 상황입니다. 별동대(別動隊) 임무를 주어 본대와 떨어지게 한 뒤 이건하 장군과 진명 호위무사님, 그리고 서아라 장군님을 보내면 쉽게 정리할 수 있을 겁니다."

신태민은 피식 웃으며 말했다.

"사무신을 셋이나 보내라고?"

"은월단도 나찰을 넷이나 보냈으나 실패하지 않았습니까?

이서하 개인이라면 몰라도 광명대 전체를 제거하는 건 쉽지 않을 거라는 걸 염두에 두셔야 합니다."

"남재도 이서하를 높게 평가하는구나."

"지금까지 있었던 일로 평가하는 것입니다. 높지도, 낮지도 않은 평가라고 생각합니다만……."

"그래서 포섭해야 한다는 거야!"

신태민은 흥분한 얼굴로 말했다.

"남재라면 그렇게 인정해 줄지 알았어. 그래, 그렇게 뛰어난 놈이다. 내가 만들 강한 나라에 딱 어울리는 인물이지. 그런 인물을 내 손으로 죽이란 말이냐? 이 나라의 재원인데? 내가 이 나라의 왕이 될 텐데? 안 그런가?"

허남재는 입을 씰룩거리다 고개를 끄덕였다.

신태민이 저런 표정으로 저렇게 열변을 토할 정도라면 이미 생각을 마친 것이다.

'불안한데.'

저런 안일한 생각으로 이서하가 정말 건드릴 수 없을 정도로 커진다면 어떻게 할 건가?

아니, 이미 건드리기 힘들 정도로 커진 상황이긴 하다.

신평, 청신, 신유민을 비롯해 훌륭한 명성까지.

쥐도 새도 모르게 죽인다는 건 이미 불가능했기에 그를 제거하는 위험은 점점 올라가고 있었다.

허남재가 물러나자 신태민은 백성엽에게 물었다.

"백 장군은 어떻게 생각하나?"

"……광명대의 배치는 생각해 두셨습니까?"

"자네 옆."

"제 옆이요? 그러면 지휘관 중 하나로 세우라는 것인데…… 맞습니까?"

"맞아. 실제로 지휘하라는 건 아니고. 그냥 자네 옆에서 우리의 전투를 잘 볼 수 있게만 하면 된다네. 내가 만든 정예들의 전투를 보고도 가슴이 끓어오르지 않는다면 그건 무사라고 할 수 없지. 안 그런가?"

"그렇습니다."

백성엽은 무미건조하게 고개를 끄덕였다.

"자, 그럼 잘 준비해서 빠르게 끝내고 오자고."

회의가 끝나고 백성엽은 이건하와 함께 자신의 사단을 향해 나아갔다.

백성엽은 표정이 좋지 않은 이건하를 힐끗 보고는 말했다.

"표정이 좋지 않구나. 하긴, 동생과 비교되면 기분이 썩 좋지 않지."

"아닙니다. 그저 서하가 신태민 저하의 밑으로 들어오면 청신의 가주 자리를 놓고 그와 경쟁해야 한다는 사실이 걸릴 뿐입니다."

"그래?"

백성엽은 이건하를 힐끗 바라봤다.

보통이라면 동생이 자신보다 더 인정받는 거 같아 자존심이 상해야 하는데 벌써부터 가주 자리를 놓고 경쟁할 생각을 하고 있다.

이건하는 골똘히 생각하다 말했다.

"백성엽 장군님도 이서하가 그렇게 마음에 들지는 않으신 거 같은데. 맞습니까?"

"맞아. 별로 마음에 들지 않아."

동생과의 일도 있으니 말이다.

"하지만 어쩌겠는가? 신하는 주인의 명령에 따를 뿐이지."

백성엽은 혀를 찼다.

"신태민 저하가 꼭 왕이 되어야 해."

신유민처럼 나약한 놈이 왕이 된다면 이 나라는 결코 발전할 수 없다.

위로는 제국이 있으며 남으로는 산족(山族)이, 그리고 동으로는 수많은 왕국이 호시탐탐 기회를 노리고 있었다.

험난한 남으로는 확장의 의미가 없고, 동쪽에서는 수시로 전란이 일어났으며 북으로는 제국의 눈치를 봐야만 하는 상황.

이러한 상황을 타파하기 위해서는 제국의 눈치를 보지 않으며 동쪽의 왕국을 밀어내고 남쪽의 산족까지 싹 밀어 버릴 만큼의 군사력이 필요하다.

그것이 백성엽의 꿈.

그가 생각하는 진정한 의미의 부국강병(富國强兵)이었다.

'그러니 이서하가 합류해도 나쁘지 않지.'

모든 것은 강한 나라를 위하여.

백성엽은 그렇게 자신을 기다리는 부대로 향했다.

Chapter 52.

Chapter 52.

스승님이 했던 말 중 진실은 없었던 것일까?

난 저 멀리서 소대장에게 혼나고 있는 김한결 스승님을 바라봤다.

"너 내가 나서지 말라고 했지? 네가 뭔데 강하다 약하다 지랄이야. 지랄은."

현재 그는 중급 무사.

이립(而立)이 되었음에도 아직도 소대의 막내를 벗어나지 못하고 있었다.

'하긴 스승님이 엄청난 고수는 아니었지.'

물론 당시의 나보다는 훨씬 강했으나 좋게 봐 줘도 강한 백의선인 정도의 실력을 갖추고 있었다.

하지만 그의 진면모는 바로 통찰력에 있었다.

'보는 것만으로도 내로라하는 선인들의 문제점을 찾아내곤 했었지.'

물론 자존심 강한 선인들이 자기보다 약한 사람의 지적을 들을 리 없었지만 말이다.

그렇기에 스승님도 굳이 그들에게 조언해 주지는 않았다.

"받아들일 준비가 되지 않은 사람에게 조언은 폭력일 뿐이란다."

그렇게 말씀하시면서 말이다.

심하게 공감이 갔다.

난 그것이 타고난 통찰력에서 나온 말인 줄 알았다.

알고 보니까 전부 경험에서 나온 말이었다.

그래, 경험이 중요하지. 근데 지금 혼나는 걸 보니 한두 번 경험으로 배우신 게 아닌 것만 같다.

"아, 왜 이런 폐급이 우리 소대로 와서……."

……그나저나 적당히 좀 하지 말이 너무 길다.

아무리 지금의 스승님이 나를 기억하지 못한다고 하더라도 나에게는 둘도 없는 은인이다.

신로심법을 가르쳐 준 것은 물론 수련의 기본부터 전부 잡아 준 것이 바로 저분이니 말이다.

'은혜는 갚아야지.'

전생의 나는 스승님을 위해 할 수 있던 것이 없다.

마지막의 순간에도 스승님을 방패 삼아 도망쳤을 뿐이니 말이다.

나찰에게 포위된 그 순간에도 나에게 수련 똑바로 하라며 나의 사소한 문제점까지 전부 적어 주셨던 일이 아직도 생생하다.

그런 은혜를 받았는데 아무리 회귀했다고 입 싹 닦으면 인간도 아니지 않은가?

차라리 이번 기회에 스승님을 내 소대에 넣을 수 있다면 그것만큼 좋은 일은 없다.

어차피 훗날 소대가 중대가 되고, 대대가 되고 또 사단까지 발전한다면 훈련 교관 하나 정도는 필요하니 말이다.

나는 스승님의 소대장에게로 향했다.

"그만하시죠."

"……넌 뭐냐? 남의 소대 일에 끼어들지 마라."

"남의 소대 일이라뇨? 내 사단 일인데. 그리고 저분이 틀린 말을 한 것도 아니지 않습니까?"

"뭐?"

"정곡을 찔려서 화라도 나셨습니까? 통찰력이 좀 있으신 분 같은데, 뭣하면 제 소대로 데려가도 되겠습니까?"

어차피 저 소대에서도 별로 스승님을 원하는 거 같지는 않으니 말이다.

하지만 상대 소대장은 피식 웃더니 말했다.

"뭐야? 착한 척이라도 하려는 건가? 그럴 수는 없지. 아무리 덜떨어졌어도 우리 소대원이라서 말이야."

쩝, 그냥 보내 주지는 않는 건가?

이러면 괜히 스승님에게 불똥이 튈 텐데 말이다.

소대장과 사이가 더 안 좋아진 스승님이 이번 전쟁에서 전사할지도 모르고 말이다.

어떻게든 데리고 와야겠다.

"하긴, 좀 덜떨어졌어도 그쪽 소대원이긴 하죠."

그때 스승님이 말했다.

"덜떨어졌다는 건 인정할 수 없습니다! 우리 소대에서는 제가 제일 똑똑합니다. 우리 소대 다들 성적은 개판 아니었나요? 전 나름 무과 성적 상위권의 읍……!"

"……."

난 소대원들에게 입을 봉인당한 채 끌려가는 스승님을 바라보다 입맛을 다셨다.

저 사람 굳이 데려와야 할까라는 생각이 문득 들었다.

아니야, 그래도 데리고 와야지. 훈련 교관으로는 저만한 사람이 없으니까.

난 헛기침을 해 상대 소대장의 주의를 끈 뒤 말했다.

"얼마를 드리면 되겠습니까? 그쪽의 허가만 있다면 지금 당장이라도 소대원을 양도받을 수 있는데."

"얼마? 지금 돈을 얘기하는 거냐?"

"그렇습니다. 불러 보시죠."

오래 살면서 깨달은 진리 중 하나.

세상에 돈으로 안 되는 것은 거의 없다.

가족을 팔라는 것도 아니고 말썽꾸러기 소대원 하나 양도하는 것이다.

끽해 봤자 오백 냥 정도 부르겠지.

선인이라고 하더라도 그리 큰 가문 출신이 아니라면 배포가 작을 수밖에 없으니 말이다.

"그럼 2만 냥만 주면 바로 보내 주마."

"네, 좋습니다. 2만…… 네?"

지금 2만 냥이라고 한 건가?

아무리 몰락했어도 도시였던 은악(銀岳)이 2만 관, 그러니까 20만 냥이었는데 고작 중급 무사가 2만 냥?

미친놈인가?

내가 빤히 바라보자 소대장 놈은 어깨를 으쓱하며 말했다.

"시작은 크게 불러야지. 자, 협상해 볼까?"

저 자식……. 협상을 할 줄 아는 놈이었다.

하긴, 선인까지 된 놈이 멍청할 리가 없다.

세상에 쉬운 일이 있던가?

나는 바로 말했다.

"천 냥."

"2만 냥."

"천오백."

"2만 냥. 우리 이거 날 샐 건가? 조금이라도 비슷해야 협상이 될 거 아닌가?"

"터무니없는 금액이니 그러는 거 아닙니까? 현실적인 가격을 부르지 않으면 저도 거래할 생각이 없습니다."

"나름 현실적이니 지금도 대화를 하고 있겠지. 안 그런가? 목마른 자가 우물을 파는 법. 더 올려 봐."

선인이 아니라 장사꾼인가?

너무 쉽게 생각했다.

아무리 선인이라도 결국은 붓이 아닌 칼을 휘두르는 사람인 만큼 이런 쪽에서는 단순할 줄 알았는데 말이다.

하지만 나도 간절한 건 사실이었다.

우리 광명대가 참가한 이상 미래는 조금이라도 틀어질 것이 분명했기에 회귀 전에는 죽었던 자가 살고, 살았던 자가 죽을 수도 있다.

그러니 적어도 스승님만큼은 내 옆에 둬야 좀 안심이 되는데 말이다.

그래, 돈이 없는 것도 아니고 그냥 쓰자.

"좋습니다. 오천 냥."

"호오, 진짜 크게 바라는구나. 그럼 나도 성의를 봐서 만오천."

"육천."

"만 오천. 좀 올려야지 협상이 되지. 성의를 보이라고."

"……그럼 만 냥입니다."

"그래, 그래야지! 만 냥. 합의 봤어."

5할이나 깎았는데 왜 기분이 안 좋지?

아니야.

우리 스승님의 가치를 생각하면 1만 냥도 싼 셈이라고 생각하자.

"그럼 각서라도 써야지? 나 몰라라 하면 안 되니 말이야."

"좋습니다. 종이가……."

그렇게 종이를 찾을 때였다.

"모두 주목! 백성엽 장군님이시다!"

제2 사단의 사단장.

백성엽 장군님의 등장이었다.

나와 소대장은 바로 자리를 잡고 서서 단상 위의 백성엽 장군을 바라봤다.

백성엽은 가만히 무사들을 바라보다 말했다.

"여기 광명대는 어디 있는가?"

우린 왜 찾아?

좀 불안하긴 하지만 장군이 찾는데 무시할 수도 없었다.

난 손을 들며 외쳤다.

"여기 있습니다!"

"그래, 지금부터 광명소대장을 새로운 중대장 겸 참모로 임명한다."

응? 중대장?

한마디로 소대 5개 정도를 이끄는 대장이 된다는 소리였다.

이 무슨 파격적인 인사인가?

기존의 선인들이 전부 나를 돌아봤고 그중에는 장사꾼 소대장도 있었다.

"광명중대장은 지금 당장 회의에 참석하도록 하라. 원하는 소대를 배치해 주마."

원하는 소대를 배치해 준다고?

그렇다는 뜻은…….

그 순간 나와 장사꾼 소대장이 눈을 마주쳤고 그가 다급히 말했다.

"저기 그 계약서는……."

"무슨 계약서요? 우리가 무슨 계약을 했었나?"

"야, 구두 계약도 계약이야!"

기억이 나질 않는데.

무슨 소리인지 모르겠다.

난 녀석을 가리키며 말했다.

"기대해. 넌 반드시 내 밑으로 들어올 테니까."

"이런 씨……."

난 패배감에 고개를 숙이는 소대장을 보며 가벼운 발걸음으로 백성엽에게 걸어갔다.

백성엽과의 회의에서 나는 스승님의 소대를 꼭 중대에 넣고 싶다고 말했다.

동생의 일도 있고 해서 나에게 적대적이라고 생각했으나 의외로 백성엽은 아무 말 없이 승낙해 주었다.

"원하는 대로 해 주마."

무슨 꿍꿍이인지 모르겠다.

그냥 공과 사가 확실한 사람일 수도 있지.

어쨌든 그렇게 만 냥을 내는 일 없이 스승님을 내 부대에 배치할 수 있었다.

회의가 끝나고 중대장이 된 나는 새로운 부대원들에게 말했다.

"자, 그럼 백성엽 장군님의 지시로 새로운 중대장이 된 이서하라고 한다. 갑자기 굴러들어 온 돌이 중대장이 되어 기분 나쁘겠지만 전쟁에 나가는 만큼 명령에 잘 따라 주길 바란다. 난 내 부대의 그 누구도 처형하고 싶지 않으니까."

다들 표정은 좋지 않았으나 생각이 있다면 순종할 것이다.

대단한 가문 출신이 아니라면 명령 불복종은 그 자리에서 목이 날아가도 할 말이 없는 중죄이니 말이다.

"알겠나? 소대장."

"……명심하겠습니다."

나와 거래를 했던 소대장은 벌레 씹은 얼굴로 고개를 숙였다.

그러게 처음부터 욕심 안 부리고 한 500냥 정도 불렀으면 바로 계약하고 지금 이 자리에서 어음을 적어 주었을 거 아니냐?

조금이라도 더 받으려고 용을 쓰더니 꼴좋다.

그렇게 새로운 중대와 인사를 나누는 사이 출정식이 시작되었다.

난 재빨리 고개를 돌려 말했다.

"아, 그리고 김한결 무사님. 지금부터는 광명대로 이동하시면 됩니다."

"아…… 네!"

스승님도 확보했으니 이제 이 전쟁을 무사히 치르고 복귀만 하면 목적 달성이다.

나는 친구들을 돌아보며 말했다.

"그럼 가자."

중대장이자 작전 참모 중 하나가 된 나는 백성엽의 뒤에 붙어 이동했다.

지휘관급은 전열 맨 앞에서 말을 타고 이동했고 덕분에 시민들의 열렬한 환호를 내려다볼 수 있었다.

'회귀 전에는 본 적이 없는 광경이네.'

꽤 기분이 좋다.

이래서 꼭 출정식을 하는 모양이다.

그렇게 감격적으로 시민들을 내려다보고 있을 때 상혁이가 말했다.

"야, 근데 저 사람 왜 우리 소대로 데리고 온 거야? 좀 이상해 보이던데."

"하긴, 좀 이상해 보이긴 하지."

그 부분은 인정할 수밖에 없다.

내가 만났던 스승님은 저러지 않았는데 말이다.

아마 저렇게 까불고 다니다가 크게 당한 적이 있어 성격이 바뀌었나 보다.

"하지만 꼭 필요한 사람이야."

"만 냥을 주고 데려올 정도로?"

"뭐야? 들었어?"

"그럼 바로 뒤에 있는데 다 듣지. 근데 너 거래 더럽게 못하더라."

"……원래 거래란 간절한 쪽이 지게 돼 있는 거야. 그만큼 나에게는 중요한 인물이라고 생각하라고."

상혁이는 영문 모를 얼굴로 뒤따라오는 스승님을 돌아보고는 어깨를 으쓱했다.

'뭐, 의구심이 들겠지.'

스승님의 진가를 아는 건 나뿐이니 말이다.

하지만 상관없다.

저 의구심이 믿음으로 바뀌는 데는 얼마 걸리지 않을 테니 말이다.

◆ ◈ ◆

남주(南州).

북쪽에 계명(界明)이 있다면 남쪽에는 남주(南州)가 있다고 할 수 있을 정도로 왕국의 핵심 요새 중 하나였다.

하지만 제국과 동쪽의 왕국을 동시에 억제하는 계명과 달리 남주는 그리 중요하게 여겨지지 않았다.

고작 남쪽의 산족(山族)과 그들의 비호 아래에서 도적질하는 탈영 무사들을 막아 내는 것이 그들의 역할이었으니 말이다.

하지만 근래 대가문의 포악질로 인해 탈영하는 무사들이 증가하며 아미(阿美)숲의 인구가 눈에 띄게 늘어나기 시작했다.

그러다 보니 식량은 물론 모든 생필품이 부족해질 수밖에 없었고 탈영 무사들의 대장인 주씨 형제는 남주 주변의 마을을 약탈하기로 했다.

처음에는 마을의 악한 유지(有志)들의 재산만을 약탈할 생각이었다.

그런데 약탈할 때마다 마을에서 고통받던 사람들이 도적단에 들어가고 싶다며 사정해 왔고, 그들을 받아들이다 보니 어느새 남주와 맞먹는 인구를 가진 세력으로 성장하게 된 것이었다.

물론 그에 따라 더 많이 약탈해야만 했다.

삶의 터전을 빌려준 산족(山族)에게 더는 신세를 질 수는 없었으니 말이다.

중간중간 남주(南州)의 군과 마주치기도 했으나 오랜 평화에 젖어 오합지졸이 된 이들은 악에 받친 도적단의 상대가 되지 못했다.

그렇게 손쉬운 약탈을 하며 살아가고 있을 때였다.

"형님, 왕가에서 군을 파병했다고 합니다."

주씨 형제 중 형인 주창식은 헐레벌떡 뛰어온 동생, 주경식을 바라봤다.

"올 게 왔구나. 대장은 누구냐?"

"신태민 왕자라고 합니다."

"그럼 사무신도 함께네."

최근까지 선인으로 활동한 주창식은 가만히 생각하다 말했다.

"무사들을 모으고 민간인들은 대피시켜."

"싸우실 생각입니까?"

"항복할 수는 없잖아. 어차피 다 죽을 텐데."

신태민은 전공을 세우기 위해 혈안이 된 자다.

항복 따위는 받아 주지 않을뿐더러 항복하더라도 도적단은 모두 남주(南州) 오씨 가문에 넘겨질 것이다.

"일반 백성들은 노예가 될 것이고 무사들은 목이 날아가겠지."

뻔한 결과다.

항복은 선택지가 될 수 없다.

"상관없어. 신태민이 수만을 데리고 와도 아미숲에서는 아무것도 할 수 없다."

주창식은 미소를 지었다.

"여긴 지옥이니까."

그리고 이들은 지옥에 적응한 아귀들이었다.

회귀 전.

스승님을 처음 만났던 것은 내 나이 30이 넘었을 때였다.

전쟁은 이미 거의 끝자락으로 향했고 왕국은 사실상 멸망한 상태나 다름없었다.

나찰들이 인간을 종으로 부리고 마수들은 패잔병들을 찾아 학살했다.

그들을 피해 끊임없이 생존자 무리를 찾아다녔던 나는 결국 스승님이 속한 곳에 들어갈 수 있었다.

'난 그때도 약했지.'

당시의 난 짬으로 겨우 중급 무사를 단 상태였고 실력은 하급 무사 중에서도 중간 정도도 안 되는 수준이었다.

그럼에도 생존자 중 무과에 합격한 무사는 극소수였기에 꽤 대접받을 수 있었다.

평범한 백성들은 중급 무사님이라며 죽이라도 한 그릇 더 퍼 주었다.

그럼 어쩌겠는가?

기대에 부응하기 위해 난 매일 밤 수련할 수밖에 없었고 그 모습을 본 스승님이 기념비적인 첫마디를 내뱉었다.

"15살짜리도 너보다는 강하겠다. 쯧쯧쯧."

아주 감동적인 첫 대화가 아닐 수 없다.

다른 무사들이었다면 자존심이 상해 악을 쓰며 싸웠겠지만 나는 그러지 않았다.

그런 알량한 자존심은 현실이라는 절구에 빻아 가루가 된 지 오래였으니 말이다.

"선생님이 보시기에는 뭐가 문제입니까?"

"다 문제야. 다. 자세도 개쓰레기고 내공도 없는 수준이고. 에휴, 이 오지랖……."

스승님은 한숨과 함께 다가와 손수 나의 자세를 고쳐 주었다.

"수련에서조차 제대로 자세를 잡을 수 없다면 실전에서도 정확한 동작을 할 수 없는 법이다. 마음은 급해지고 온몸에 힘이 들어갈 테니까. 그러니 정확한 자세로 검을 휘둘러야만 해. 수만 번 반복한다면 그 어떤 상황에서도 연습한 자세 그대로의 동작이 나오기 마련이지.”

“열심히 해 보겠습니다.”

“물론 넌 자세 교정만으로 어떻게 해 볼 수준이 아니지만. 그거라도 열심히 해 봐라. 그럼 개쓰레기에서 쓰레기 정도는 되겠지.”

“……감사합니다.”

다시 생각해 보니 그때도 재수는 없었던 것만 같다.

하지만 난 간절하게 강해지고 싶었기에 스승님을 따라다니며 수련을 도와 달라고 매달렸다.

그가 잡아 준 자세가 아무 재능 없는 내가 보더라도 그럴듯했기 때문이었다.

“꺼져! 귀찮게 하지 말고.”

“아, 진짜 한 번만 더 도와주십시오. 제가 어떻게든 전력이 되는 게 좋지 않습니까?”

“넌 절대로 전력이 될 수 없어. 나찰 손가락 튕기기에도 대가리가 터질 거 같은 놈이 뭔 소리 하는 거냐?”

“에이, 그러지 마시고. 한 번만, 딱 한 번만 더 도와주세요.”

“후우, 그래. 한 번만이다.”

좋지 않은 과거가 떠올랐다.

스승님은 한 번만이라며 매일같이 내 수련을 도와줬고 결국 정식으로 스승님이 되었다.

수련하면서 평생 먹을 욕을 먹을 수밖에 없었지만 그래도 진지하게 가르쳐 주신 덕분에 신로심법도 배우고 무공의 기본을 익혀 상급 무사 정도의 실력은 갖출 수 있었다.

"하아, 힘들었지."

그렇게 중얼거릴 때였다.

"행군이 힘드십니까? 그렇게 체력이 없어 보이지는 않으신데."

갑작스러운 목소리에 회상을 끝낸 나는 젊은 스승님을 바라봤다.

"찾으셨다고 들었습니다."

"아, 그래요. 좀 부탁하고 싶은 일이 있어서요."

"부탁이요?"

"네, 내공심법을 하나 봐 주셨으면 좋겠습니다."

난 친구들을 위해 작성한 신로심법(身路心法)의 비급을 스승님에게 건넸다.

제목을 본 스승님은 살짝 미간을 찌푸리더니 조용히 비급을 읽어 나갔다.

"호오, 신로심법(身路心法)이라. 우연히도, 진짜 거짓말이 아니라 원리와 이름이 제가 생각한 심법과 똑같네요. 아……."

당연히 그럴 수밖에요.

당신이 만든 심법이니 말입니다.

스승님은 아쉬운 듯 머리를 긁적이며 말했다.

"우연이라도 이거 참 난감하네. 내가 만들려고 했는데. 그런데 저에게 이걸 보여 주신 이유가 뭡니까? 중대장님."

"말 편하게 하셔도 됩니다. 저보다 선배고, 저도 그냥 상급 무사일 뿐이니까요."

"에이, 그럴 수는 없죠. 중대장님한테 어떻게 제가 감히……."

"둘이 있을 때만이라도 부탁합니다."

그게 내가 더 편하다.

스승님은 바로 반색하며 말했다.

"그럴까? 그럼 너도 편하게 말해라."

"……전 그냥 높이겠습니다."

"그럼 나도 불편한데. 흠, 중대장님이 원한다면 어쩔 수 없지."

바로 편하게 말을 놓는 스승님이었다.

출진 전부터 생각했던 거지만 아무래도 젊었을 때의 스승님은 눈치가 없는 것만 같다.

그래도 이쪽이 마음은 편하다.

한번 스승은 영원한 스승이라고 아무리 회귀했다고 한들 스승님에게 반말 찍찍 하며 존대받을 수는 없지 않은가.

난 그렇게 돼먹지 못한 사람이 아니다.

"혹시 이 신로심법을 개량할 방법이 없겠습니까?"

"모든 심법은 개량할 수 있는 법이지. 우연히도 내가 구상하고 있던 심법과 같은 원리이니 충분히 가능할 거야. 이야,

역시 처음 봤을 때부터 어린 나이에 내공이 아주 대단하다고 생각했는데 이 신로심법으로 수련한 건가?"

"네, 그렇습니다."

"역시 내 발상이 옳았었어. 이미 있는 거라는 게 좀 실망스럽지만."

실망하시는 모습을 보니 조금은 찔린다.

그래도 스승님이라면 신로심법을 더 개량할 수 있을 것이다.

회귀 전에도 시간적 한계에 부딪힐 때까지는 꾸준히 심법을 개량했었으니 말이다.

"그럼 다른 소대원들도 이걸로 수련했나?"

"그렇습니다."

"호오, 그럼 혹시나 해서 묻는 건데. 혹시 나도 이걸로 수련해도 될까?"

"얼마든지요."

개량하려면 심법을 완벽하게 이해해야 하니 말이다.

"오오! 고맙네. 정말 고마워. 후배. 그럼 내가 직접 수련해보고 개량 방향을 찾아보겠네."

"네, 그 과정에서 필요한 것이 있다면 청구하시면 됩니다. 이제 제 소대원이시니까요."

"오오! 이런 귀인을 만나다니. 내 인생에도 한 줄기 서광이 들어오는 건가? 아, 너무 눈부신데?"

스승님은 해를 가리듯 시늉한 뒤 웃었다.

고마운 건 오히려 이쪽이다.

“그리고 또 하나 부탁이 있습니다.”

“명령만 내려 주면 바로 시작하지.”

“제 소대원들의 훈련을 맡아 줬으면 좋겠습니다. 훈련의 방향성을 잡지 못해 고생하는 친구들이 있어서 말입니다.”

“좋아. 좋아. 별것도 아니구먼. 내 열과 성을 다해 훈련시켜 주지.”

스승님은 자리에서 일어나더니 나에게 미소를 보이며 말했다.

“그럼 최선을 다하겠습니다. 중대장님.”

전에는 그렇게도 귀찮아하더니 말이다.

하긴, 수련을 시작한 뒤로는 열성적인 사람이었지.

“많은 일이 있으셨나 보네.”

저 밝은 성격이 그렇게 회의적으로 바뀐 걸 보면 꽤 많은 일이 있었던 모양이다.

“하긴, 이 전쟁에도 참여하셨을 테니까.”

아미숲.

겉보기에는 그저 상쾌하게만 보이는 푸른 숲이지만 이번 전쟁 이후 이곳은 다른 이름으로 불리게 된다.

푸른 지옥.

“준비할 게 많겠네.”

난 그렇게 지옥에 먹히지 않기 위한 준비를 하기 시작했다.

◆ ◈ ◆

남주(南州)로 향하는 길.

원정대는 이따금씩 도시 밖에 진(陣)을 치고 휴식을 취하며 자체 보급을 진행했다.

중간중간 새로운 정보가 들어옴에 따라 회의는 계속 열렸고, 나는 또 회의장으로 갈 채비를 하고 밖으로 나섰다.

밖에서는 친구들이 스승님의 가르침에 따라 새로운 훈련을 하고 있었다.

"그렇지, 그렇지! 좋아. 그렇게 크게, 크게 움직여야 해. 어차피 네가 더 빨라서 상대가 잡을 수 없으니까."

"그런데 동작이 커지면 반격당할 수도 있지 않습니까? 그건 어떻게 해결하게요?"

"반격을 당하면 죽어야지. 원래 그런 무공이야. 천뢰쌍검(天雷雙劍)은 역사적으로도 빠르고 파괴적이라고 하잖아. 그 이유가 뭐겠어?"

"연격이 많아 파괴적인 거 아니었습니까? 이렇게 크게 휘두르면 몇 번 공격할 수 없습니다."

"원래 그런 무공이야. 큰 공격을 거침없이 몰아치기 때문에 파괴적이라는 인식이 생긴 거지. 일검류가 일격에 모든 것을 담는다면 천뢰쌍검은 한 번의 연격에 모든 것을 담아야 해. 너처럼 휘둘러서 어디 제대로 된 치명타나 날리겠냐?"

"……."

상혁이는 슬쩍 나를 쳐다봤다.

나는 어깨를 으쓱하는 것으로 대답을 대신했다.

서로 의견이 다르다면 스승님의 말에 힘을 보탤 수밖에 없다.

"후우, 알겠습니다."

그래도 상혁이가 한발 물러서며 스승님의 말을 따라 주었다.

착한 녀석이다.

하지만 처음부터 스승님의 가르침을 받아들인 것은 아니었다.

"나보다 약한 인간 말을 왜 들어야 해?"

아주 근본적이고 타당한 의문이었다.

다만 세상에는 가르치는 것을 더 잘하는 사람이 있다.

스스로 강해지지는 못하지만 다른 사람의 문제점을 파악하고 그 문제점을 개선하는 방법을 아는 사람이 있다.

"그냥 속는 셈치고 한번 해 봐. 내가 봤을 때는 아주 현명한 사람이야."

"뭐, 네가 그런다면야 진짜 속는 셈치고 해 보겠는데……."

"그래, 그래. 내 말 들어서 언제 나쁜 일 일어난 적 있냐?"

"항상 죽을 뻔했던 거 같은데?"

"……자자, 가서 수련해야지. 수련."

이래서 예리한 친구는 싫다.

어쨌든 친구들은 내 말이라면 일단 신뢰해 주었기에 순순히 스승님의 가르침을 받아들였다.

하지만 이후에도 문제가 많았다.

바로 스승님의 저 거침없는 직설 화법 때문이었다.

"아린이는 무공 자체가 급이 낮네. 다른 걸로 바꿔야겠다. 화강신법은 너의 그릇을 채울 수 없다."

"……."

가전 무공의 비하라든지…….

"지율이 너는 재능이 너무 떨어져. 아린이와는 반대로 그 무공을 제대로 다룰 수 있는 그릇이 아닌데 말이야. 하아, 어떻게든 해 보자."

"부탁드립니다."

재능 비하라든지…….

"민주는 다 좋은데 실력이 떨어지네. 혼자만 실력이 너무 떨어져. 이 소대의 걸림돌이라고나 할까. 일단 기본부터 잡아야겠다."

"히익, 진짜요? 저 어떡해요? 짐 되기는 싫은데."

……그래도 애들이 착해서 다행이지 한 대 맞아도 이상할 게 없는 발언들이었다.

'이래서 스승님이 입을 다물었구나.'

저렇게 살다 피를 보면 입을 다물기 마련이다.

하지만 다행히도 내 친구들은 착하다.

아린이야 내 말이라면 죽는시늉까지 해 주는 친구였고 지율이는 이미 자신의 무재능을 누구보다 잘 아는 친구였으며 민주 또한 걸림돌이 되고 있다는 말에 충격을 받고 강도 높은 훈련을 받았다.

'그래도 잘 따라 주네.'

문제가 계속 생기면 어쩌나 싶었는데 말이다.

그때 스승님이 나에게 다가와 말했다.

"중대장님. 보고드릴 게 있습니다."

"그러세요."

존댓말을 쓰던 스승님은 내 귀에 대고 속삭였다.

"상혁이 저거 뭐냐?"

"왜요?"

"봐봐. 평생을 작게 동작하다가 크게 움직이라니까 바로 바꿔 버리는 거. 한 세 번 반복하면 문제점이 사라지는데?"

"그죠? 괜찮은 재능이죠?"

"괜찮은 게 아니라……."

스승님은 살짝 침을 삼키고는 말했다.

"저런 걸 보고 천무지체(天武之體)라고 하는 건가? 아무튼 키울 맛이 나. 키울 맛이."

나도 이런 걸 바랐다.

누구보다 빨리 성장하는 무사와 누구보다 문제점을 잘 찾는 교관.

이 두 사람의 환상적인 호흡을 말이다.

"이따 저녁에는 저도 부탁합니다."

"오, 물론이지. 내가 뭘 해 줄 수 있을지는 모르겠지만."

해 줄 수 있는 게 많을 거다.

가능하다면 지금 당장 같이 수련하고 싶었지만 나는 해야 할 일이 있어서 말이다.

'이곳이 남주로 들어가기 전 가장 큰 도시다.'

전쟁에 필요한 물건을 준비하려면 지금뿐이라는 소리다.

나는 백성엽 장군의 천막으로 들어갔다.

참모진과 부장들이 나를 힐끗 노려본다.

역시나 불청객 취급을 받고 있다.

'나 같아도 그러겠다.'

20살도 안 된 어린놈이 하늘에서 뚝 떨어졌으니 아니꼬울 수밖에.

이윽고 백성엽 장군이 들어와 회의를 진행했다.

"이번 도시를 지나 며칠 더 지나면 남주, 그리고 아미숲이다. 정찰대가 가져온 정보를 토대로 작전 회의를 시작한다."

백성엽 장군이 전체적인 작전을 설명하자 부장과 참모들이 하나둘 의견을 내기 시작했다.

이런저런 말이 많지만 간단하게 요약하면 이거다.

"어차피 탈영 무사들로 이루어진 도적놈들이니 그냥 힘으로 찍어 누르고 돌아갑시다."

아주 단순무식한 전술이 아닐 수 없었다.

하지만 놀랍게도 그것이 가장 설득력 있기도 하다.

꽤 먼 원정을 온 입장에서는 빠르게 전투를 끝내고 돌아가고 싶을 테니 말이다.

실제로 전력의 차이 또한 압도적이었으니 현실적이기도 하다.

하지만 이들은 한 가지를 간과하고 있다.

바로 아미숲의 존재다.

'하긴, 북쪽에서만 싸우던 수도군이 뭘 알겠냐마는…….'

아무리 신태민이 여기저기 다 돌아다녔다고 하더라도 남쪽으로 내려온 건 이번이 처음이다.

그러니 아미숲에 대해서는 남주에서 준 지도만으로밖에 파악할 수 없었다.

나는 슬쩍 손을 들며 말했다.

"발언해도 되겠습니까?"

부장과 참모들이 노려본다.

이거 무섭네.

오줌 지리겠다.

백성엽은 흥미롭다는 듯 의자에 기대앉으며 말했다.

"그래, 말해 보아라. 너도 참모이니 발언 한 번은 해야지."

무언가 기대 가득한 눈빛이다.

그래도 백성엽은 열린 마음이라 다행이다.

"혹시 여기 아미숲에 가 보신 분이 계십니까?"

역시나 대답은 없었다.

"전 어렸을 적에 한 번 가 본 적이 있습니다."

물론 구라다.

하지만 '내가 가 봐서 아는데…….'보다 더 설득력 있는 말은 없다.

"거기 해충이 어마어마합니다. 모기에 물리면 열도 펄펄 나고 미친 듯이 가렵고 심지어 죽는 사람까지 나오죠. 게다가 비까지 내리면 땅은 질퍽질퍽하지, 햇빛은 없지, 나무들은 무성해서 앞도 안 보이지. 지옥도 그런 지옥이 없습니다."

"흐음, 계속 말해 보아라."

"그래서 말인데, 이곳에서 준비를 확실하게 하는 것이 좋을 거 같습니다."

미래를 알고 있는 나는 이 사실을 알릴까 말까 고민을 많이 했다.

이대로 가면 신태민과 사무신은 아미숲의 도적단은 말살하지만, 결코 승리라고 부를 수 없는 피해를 본다.

신태민 세력이 약화되는 것은 내가 바라는 일이지만 이들도 사람이라는 게 문제다.

'아무 말도 하지 않으면 내가 죽이는 꼴이 된다.'

난 이들이 죽게 내버려 둘 수 있는가?

내가 할 수 있는 만큼은 해야 하지 않을까?

그렇게 생각이 정리되었고 난 선택권을 백성엽에게 넘기기로 했다.

백성엽이 내 말을 들으면 모두가 살 것이요, 내 말을 듣지 않으면 그 지옥을 또 되풀이할 것이다.

"필요한 약재와 붕대, 그리고 병사들을 위한 여분의 신발 등 많은 물품을 보급한 뒤 움직이는 걸 추천드립니다."

"그래? 다른 부장과 참모들은 어떻게 생각하나?"

그러자 머리에 근육만 있을 거 같은 부장이 말했다.

"전쟁의 전 자도 모르는 무사의 기우일 뿐입니다. 그리고 아미숲에 비가 내렸다는 보고는 없습니다."

전쟁은 내가 그쪽보다 훨씬 잘 알 텐데 말이다.

그리고 지금은 비가 안 내리겠지.

하지만 우리가 아미숲에 도착할 때 즈음에는 장마철이란 말이다. 이 멍청한 놈아.

다행히 참모 쪽에서 입을 열어 주었다.

"이서하 참모의 말에 일리는 있습니다. 곧 장마철이고 남부의 지형과 풍토병을 모르는 이상 조심해서 나쁠 건 없죠."

그래도 참모라고 옳은 말을 좀 해 준다.

그럼 이렇게 비극을 막는 쪽으로…….

"하지만 속전속결로 해결하면 문제없습니다. 병도 오래 머물러야 생기는 법. 우리의 병력은 도적단의 10배가 넘으며 지휘관의 실력도 비교할 수 없습니다. 게다가 이서하 참모가 말한 물품을 확보하려면 며칠이 걸릴지 모릅니다. 그러는 사이 도적단이 전부 뿔뿔이 흩어져 버리면 토벌은커녕 빈손으로 회군해야 할 수도 있습니다. 때로는 위험을 감수하고 조금은 극단적으로 공격할 필요도 있다고 생각합니다."

"……."

역사의 물줄기를 트는 게 이렇게 힘든 일입니다.

어쨌든 난 할 말을 다했다.

이제 남은 것은 백성엽의 판단뿐이었다.

"흐음."

백성엽은 잠시 생각하다 말했다.

"참모진의 말대로 하지. 애초에 많은 예산을 책정한 전투가 아니다. 쓸모없을지도 모를 물건에 돈을 낭비할 수는 없지. 설령 비가 오더라도 속전속결로 도적단을 잡는다. 이상이다."

백성엽 장군의 말에 부장들과 참모들은 흡족한 미소를 짓고는 내 옆을 스쳐 지나가며 말했다.

"좋은 의견이었어. 하지만 안전하게만 가는 게 정답은 아니란다. 꼬마야."

"그래, 그래. 뭐든 준비할 수 있다면 좋겠지. 하지만 그런 전쟁은 환상 속에만 존재할 뿐이다. 최악의 상황에서도 결과 내는 법을 배워야 한단다. 선배의 말이니 새겨듣거라. 하하하."

그냥 단순 돌격 작전을 낸 놈들이 왜 이렇게 잘난 척이야?

눈꼴 시려서 못 봐 주겠네. 진짜.

나는 한숨과 함께 천막에서 나와 내 중대가 있는 곳으로 향했다.

그리고 때마침 우리 장사꾼 소대장이 부하들을 이끌고 돌아오고 있었다.

"그래, 변 소대장. 내가 말한 건 전부 사 왔나?"

소대장의 이름은 변승원.

협상에 소질이 있는 거 같아 이번 임무를 맡겼다.

"명령대로 싹 쓸어 왔습니다만, 진짜로 돈은 중대장님이 내는 거죠?"

"그럼, 청신의 어음을 줬으니 알아서 청구하겠지. 그럼 물건이나 보자."

"자, 여기 신발은 있는 대로 다 쓸어 왔고, 약재, 붕대, 곡식가루, 깨끗한 헝겊, 뭐 주문하신 건 싹 다 끌어모았습니다. 그런데 이게 왜 필요합니까?"

"우리 목숨줄이야. 가격은 얼마나 나왔어?"

"제가 많이 깎았습니다. 원가의 3할은 깎았어요."

"너 진짜 장사꾼 해라. 왜 위험하게 무사나 하고 사냐?"

"선인한테 왜 무사를 하냐니, 그건 듣고 못 넘깁니다. 그리고 당신 중대장이어도 상급 무사면서 선인한테는 반말하고 저기 중급 무사한테는 존댓말하고. 도대체 기준이 뭡니까?"

"내 맘대로 기준."

"에이, 진짜 중대장만 아니면……."

"포상으로 깎은 3할은 너한테 주마. 이따가 어음 써 줄 테니까 내 천막으로 와."

"충성! 앞으로 또 거래할 일이 있다면 저 변승원을 불러 주시길 바랍니다."

"근데 중대장만 아니면 뭐?"

"대대장으로 섬길 생각이었죠. 아, 대대장님이 아니라 너무 아쉽다. 대대장님이라고 부르고 싶은데."

이 자식, 진짜 장사꾼 해야 할 거 같은데?

이번에도 살아남을 수만 있다면 해리슨 상회와의 무역에 꽂아 넣어 줘야겠다.

계속해서 실력을 증명한다면 훗날 나의 군단이 생겼을 때 재정 담당으로 쓸 수 있겠지.

그렇게 변승원과의 대화를 마친 후 나는 그가 작성한 장부를 확인했다.

내 생각보다 더 많은 양의 물건을 확보했다는 건 고무적인 일이었다.

우리 중대만을 위해서는 충분하고도 남을 정도.

'우리 중대만을 위해서는 그렇지…….'

하지만 사단의 모든 병사, 거기에 신태민 왕자의 1사단까지 생각하면 턱없이 부족한 양이었다.

"다른 부대는 어쩔 수 없지."

미래를 알기에 씁쓸할 수밖에 없다.

하지만 뛰어난 지휘관을 만나는 것도 운이다.

부대는 다음 날 바로 이동할 것이고 내가 할 수 있는 일은 다 했다.

나는 맑은 하늘을 올려다보았다.

이제 곧 저 하늘은 한 달 내내 먹구름이 껴 햇빛 한 번 보기 힘들어질 것이다.

그리고 바로 그때 부장과 참모들 모두가 깨닫게 될 것이다.

누가 옳았었는지를 말이다.

◆ ◈ ◆

남주(南州).

왕국의 남쪽 끝에 도착한 원정대는 도시 밖에 진을 치고 잠시 대기했고, 신태민을 비롯한 사무신, 부장, 참모진 등은 남주의 가주를 만나기 위해 도시 안으로 향했다.

'도시가 죽었네.'

나름 참모진의 일원으로 도시에 들어선 나는 남주의 상황을 한눈에 마주할 수 있었다.

상점가의 물건은 매우 질이 떨어졌고 손님도 없다.

가장 큰 거리에도 돌아다니는 사람이 없으니 흡사 옛 은악을 보는 것만 같다.

'이 정도일 줄은 몰랐는데 말이야.'

물론 남주는 주요 도시와 떨어져 있기에 상업적으로 발달한 도시가 아니었다.

하지만 나름 농사짓기 좋은 평야를 가지고 있으며 국경을 지키는 막중한 임무를 맡은 만큼 왕국에서도 많은 지원을 해주고 있었다.

외부에서 파견 나온 무사들은 물론 큰 학관도 있어 이렇게까지 몰락할 만한 도시는 절대로 아닌데 말이야.

'이건…….'

"아무래도 이번 토벌이 끝나면 가주를 불러 책임을 물어야겠군요."

백성엽의 말대로 가주의 탓이라고밖에는 볼 수 없었다.

신태민은 고개를 끄덕이고는 말했다.

"많이도 해 먹었나 보군요. 왕가에서 보낸 지원금이 얼마인데……. 이번 토벌 작전이 끝나면 바로 끌고 가 죄를 물어야겠습니다."

나름 건실한 대화를 하는 두 사람이었다.

신태민이 결정을 내리는 순간 아무것도 모르는 가주가 버선발로 마중 나오며 말했다.

“아이고, 왕자님. 직접 와 주셔서 감사합니다. 안으로 드시지요. 연회를 준비해 놓았습니다.”

“연회는 됐다. 먼 길 오느라 고생한 무사들에게 주도록. 그보다 도적단에 대한 보고서는 어딨지?”

“아! 제가 미처 부하들을 생각하시는 그 마음을 헤아리지 못했습니다. 바로 준비해서 내가도록 하겠습니다. 보고서는 이쪽입니다. 안으로 드시지요.”

“그러지.”

“백전백승의 신태민 왕자 저하를 뵙게 되어 정말로 영광입니다. 수도에서 한 번 뵌 적이 있는 데 혹 기억하십니까?”

신태민이 대놓고 무시했으나 가주는 자신의 운명이 정해진지도 모르고 열심히 아부를 계속했다.

Chapter 53.

신태민은 보고서만 훑어본 뒤 바로 숲으로 군을 움직였다.

나 또한 참모를 이용하여 보고서를 확인했고 놀랍게도 그 어떤 정보조차 얻을 수 없었다.

하긴, 도시 꼴이 저런데 보고서를 제대로 작성했을 리가 없지.

그렇게 도착한 아미숲.

나는 중대원들을 모아 출진 준비를 했다.

"변승원 소대장은 소대와 남아 우리 물건들 지키고. 절대로 젖지 않게 해야 해. 알았어?"

"목숨을 걸고 지키겠습니다."

정말로 목숨을 걸고 지켜야 할 것이다.

안 그러면 죽는 것보다 더 고통스러운 나날이 기다리고 있을 테니까.

“우리는 출진 준비하자.”

난 부대원들과 함께 정해진 대열로 가 섰다.

광명중대의 자리는 사촌 형인 이건하와 서아라 바로 뒤였다.

아주 부담스러운 자리가 아닐 수 없다.

사무신(四武臣) 중 둘의 뒤를 봐주는 역할이라니.

뭐, 뒤를 볼 일이 있을까 싶지마는.

그나저나 저놈의 형은 동생이 바로 뒤에 있는데 인사조차 건네지 않는다.

‘원래 저런 성격이지.’

정말 필요한 일이 아니면 안 하는 사람이었으니 말이다.

그때 사무신 중 하나인 서아라가 먼저 말을 걸어왔다.

“네가 이서하구나? 난 서아라. 반갑다.”

“만나 뵙게 되어 영광입니다. 선인님.”

“무슨 영광까지야. 하하하, 넌 건하랑 달리 싹싹하네?”

서아라.

이건하보다 두 살 많은 홍의선인.

그녀는 나찰과의 전쟁 초기에 죽기에 가지고 있는 정보가 많지 않았다.

저돌적이고 강한 선인이라는 것밖에는 말이다.

'그래도 사무신(四武臣)의 실력을 내 눈으로 직접 볼 수 있겠네.'

회귀 전에는 이들의 활약상을 풍문으로만 들을 수 있었다.

서아라는 전쟁 초반에 죽고, 진명은 신태민과 붙어 다니며 전장에는 나가지 않았으며, 백성엽은 전형적인 후방의 작전 사령관이었으니 말이다.

'이번 기회에 확인해 두자.'

훗날 내가 싸워야 할 사람들이 어떤 자들인지 확인해 둬서 나쁠 것은 없다.

이윽고 준비가 끝나고 이건하가 외쳤다.

"출진!"

북소리가 울려 퍼지고 전 부대가 하나의 생명체처럼 움직였다.

이번 토벌 작전은 단순하다.

숲을 포위한 채로 진군하며 적을 섬멸한다.

이름하여 포위섬멸진!

압도적인 전력의 우위가 있기에 가능한 작전이었다.

누군가는 극소수의 병력으로도 성공시켰다는 소문이 있지만 말이다.

"긴장되네."

뒤에서 상혁이가 말했다.

나야 이런 대규모 전투를 많이 치러 보았고 또 북대우림 원정에서도 경험해 보았으나 내 친구들은 그렇지 않다.

"긴장할 거 없어. 우리는 아무것도 할 게 없을걸?"

"아무것도 할 게 없다니?"

"이건하, 서아라 선인님들이 있잖아. 신태민이 직접 키운 사단이고."

"……그래서?"

내가 상혁이를 돌아볼 때였다.

"적이다!"

수색대의 외침과 함께 사방에서 화살이 날아들었다.

도적단의 기습이었다.

하지만 동요하는 무사는 단 한 명도 없었다.

"어떡해! 어떡해!"

…….

우리 광명대의 박민주 양을 빼면 말이다.

"진정하고 뭉쳐!"

나의 명령에 광명대는 원진을 짜고 날아오는 화살을 튕겨냈다.

이윽고 사방에서 도적단이 달려 나왔다.

'규모가 생각보다 많네.'

남주의 무사들이 다 여기 있는 것만 같았다.

그러나 신태민이 직접 육성한 정예의 상대가 되지는 않

왔다.

"병진(丙陳)을 짜라!"

이건하의 외침과 함께 무사들이 일사불란하게 움직였다.

멀뚱멀뚱 원진을 짜고 있는 건 우리 광명중대뿐이었다.

그러자 한 소대장이 말했다.

"저기…… 중대장님. 병진(丙陳)을 짜라는 명령입니다만."

"난 그런 거 못 배웠다."

무슨 진을 암호로 말하냐? 그냥 사선진, 학익진, 이렇게 말하면 안 되나?

사소한 정보라도 적에게 주지 않겠다는 뜻은 잘 알겠지만 겉멋이다. 겉멋.

그렇게 생각하고 있을 때 소대장이 말했다.

"실례지만 제가 지휘할까요?"

"아니, 괜찮아."

나는 검을 내렸다.

"이미 끝났어."

전투는, 아니 일방적인 학살이 막바지에 다다르고 있었다.

'엄청나네.'

이건하와 서아라의 실력은 두말할 것도 없다.

두 사람은 무사들을 어린애 데리고 놀듯 가볍게 베어 넘겼고 신태민의 정예 무사들은 단순 노동을 하듯 손쉽게 적을 학살했다.

'쉬운 상대는 아니었는데 말이야.'

적이 유리한 위치를 선점하고 화살로 선제공격까지 한 뒤 진입한 상황이었다.

아무리 실력 차이가 난다고 하더라도 단 한 명의 부상자도 없이 일방적으로 제압하기란 쉽지 않다.

'게다가 사무신들은 실력의 1할도 내지 않은 거 같은데.'

도적단을 상대로는 사무신의 실력을 제대로 볼 수 없을 것만 같았다.

"후퇴! 후퇴!"

살아남은 소수의 도적단이 도망치고 이건하는 주먹을 들어 올리며 말했다.

"쫓지 마라. 어차피 한곳으로 모이게 되어 있다."

이건하의 말대로 도적단은 결국 본거지로 모일 수밖에 없다.

그나저나 우리 중대는 정말 할 게 없다.

'아니, 애초에 나보고 구경이나 하라고 데려온 거 같은데.'

사무신(四武臣) 중 야전사령관이라고 할 수 있는 이건하와 서아라 바로 뒤에 붙인 것도 그런 의미일 것이다.

그럼 구경해 주면 될 일이다.

"자, 그럼 이동하자."

이윽고 정비를 마친 이건하가 말할 때였다.

투둑! 투둑!

하늘에서 비가 쏟아지기 시작한다.

'진짜 적이 나타났구먼.'

기록에 따르면 첫날 비가 내린 뒤로 한 달간 쉬지 않고 쏟아졌다고 한다.

이 비의 뜻을 아는 이건하는 표정을 굳힌 뒤 말했다.

"서두른다. 속도를 올려라."

서두른다고 될 일이었다면 회귀 전에도 아무 일 없었겠지.

"변 소대장이 잘하고 있어야 하는데."

난 그렇게 생각하며 이건하를 따라 의미 없는 행군을 계속했다.

비가 온다.

주창식은 안도의 한숨을 내쉬었다.

그와 동시에 비보가 날아들었다.

"주 선인님. 기습이 실패로 돌아갔습니다. 생존자는 열도 안 됩니다."

"그렇구나. 그래도 하늘이 우리를 버리지는 않았어."

끝까지 비가 오지 않았다면 기습이 실패한 그 시점에서 끝이었을 것이다.

"이제부터 전면전은 피한다."

"적이 포위해 들어오고 있습니다. 언젠가는 전면전을 벌일 수밖에 없을 겁니다."

"아니, 그렇지 않아. 아미숲은 그렇게 쉬운 곳이 아니다."

주창식은 미소를 지었다.

"곧 어마어마한 양의 늪이 생길 것이다."

아미숲은 지반이 약하기에 장마철이 되면 습지대로 변모하고 만다.

사방이 늪으로 바뀌고 없던 강이 생겨 길을 막는다.

그리고 주창식은 늪이 생기는 위치를 전부 알고 있었다.

"적이 지칠 때까지 기다렸다가 기습만 한다. 무사의 자존심? 그딴 건 이제 버려라."

주창식은 식용 애벌레를 꺼내 씹으며 말했다.

"우리가 바로 늪의 아귀다."

편안한 땅에서 싸우던 적에게 아미숲의 방식을 알려 줄 차례였다.

"이거 못 가겠는데?"

서아라와 이건하는 순식간에 생긴 거대한 늪을 바라보며 인상 썼다.

"……진으로 돌아간다."

늪의 깊이를 모르는 이상 위험을 감수하고 넘어갈 수는 없었다.

게다가 언제 어디서 기습이 올지도 모르는 상황.

늪을 건너다 공격을 받기라도 하면 움직이지도 못하고 꼼짝없이 당하게 된다.

"아아, 하필이면 지금 비가 와서. 바로 끝내 버릴 수 있었는데."

"그러니까 말이야. 억수로 운 좋은 놈들이네."

난 주변 무사들의 푸념을 들으며 고개를 끄덕였다.

저렇게 생각할 수도 있다.

하지만 장마철에, 그것도 아미숲이라는 곳으로 출진을 온 것부터가 잘못이라면 잘못이다.

차라리 겨울에 왔다면 남쪽 특유의 따뜻한 기후와 맞물려 싸우기 딱 좋았을 텐데.

물론 남주는 그만큼 더 고통받았겠지만 말이다.

모든 군이 본진으로 돌아오고 새로운 전황을 맞아 작전 회의가 시작되었다.

이건하는 자신이 발견한 늪의 위치를 표기하며 말했다.

"사방이 늪으로 변하고 있습니다. 지금 진군은 어려울 거 같습니다."

"괜찮아. 괜찮아. 적의 전력을 줄인 것만으로도 괜찮은 소득이다. 비야 언젠가는 그칠 것이고 그때 늪의 깊이를 확인하며 적을 몰아쳐도 늦지 않아."

안 그친다는 게 문제지만 말이다.

"그나저나 이서하 참군은 이번 전투를 어떻게 보았나?"

갑자기 훅 하고 질문이 들어왔다.

'나를 이번 원정에 동참시킨 이유가 이거였구먼.'

아무래도 신태민은 자기가 키운 정예의 실력을 보여 주어 나를 포섭할 생각인 것만 같다.

보통의 젊은 무사라면 고도로 훈련된 사단을 한 번쯤은 지휘해 보고 싶다고 생각하기 마련이니 말이다.

하지만 난 젊은 무사가 아니다.

저런 건 관심도 없다.

하지만 신태민의 부하들만 있는 이곳에서 '별 감흥 없었습니다.'라고 솔직하게 말할 수는 없는 일.

나는 한껏 감격한 얼굴로 말했다.

"그렇게 지휘관의 수족처럼 움직이는 부대는 지금껏 본 적이 없었습니다. 정말 굉장했습니다."

"당연하지. 이게 이 왕국 최고 정예의 전투력이다. 눈에 새겨 놓도록."

도적단 하나 잡아 놓고 잘난 척은.

그 잘난 정예가 이제 갈려 나가기 시작할 텐데 아까워서 어떡하냐?

"그럼 비가 그치고 다시 진군한다. 모두 잠시 쉬고 있도록."

"넵!"

회의가 끝나고 밖으로 나온 나는 바로 변승원을 찾았다.

"변 소대장. 물건은 잘 지키고 있나?"

"물론입니다. 땅의 습기가 올라오지 않게 창고를 만들었고 지붕은 혹시라도 새지 않게 짚과 나뭇잎으로 빼곡하게 막아 놓았습니다."

"잘했네."

상품 관리도 잘한다.

이 친구 보면 볼수록 장사에 소질이 있는 것만 같다.

"자, 그럼……."

나는 먹구름으로 가득한 하늘을 올려다보았다.

"진짜 전쟁을 시작해 보자."

그렇게 일주일 후.

여전히 비는 쏟아지고 있었다.

신태민의 천막.

별것도 아니라고 생각했던 비는 도무지 그칠 생각을 하지 않았고 흠뻑 젖은 천막의 지붕에선 물방울이 뚝뚝 떨어지고 있었다.

회의를 위해 모인 참모진은 시키지도 않은 변명을 시작

했다.

"이토록 지반이 약할 줄은 상상도 하지 못했습니다. 죄송합니다."

"아무리 장마철이라고 하더라도 이 정도일 줄이야. 전부 저희들의 불찰입니다."

말로는 불찰이라고 하지만 어쩔 수 없었다는 것을 강조하는 어투였다.

신태민은 가만히 듣다가 말했다.

"백 장군은 어떻게 생각합니까?"

백성엽은 참모진을 바라봤다.

신태민은 1사단을 이끌고 하루를 앞서갔기에 이서하의 간언을 듣지 못했다.

만일 이서하의 경고가 있었다는 것을 신태민이 듣는다면 어떤 반응을 보일까?

힘겹게 시선을 피하며 변명하는 참모진의 머리가 밖에 내걸리지 않을까?

하지만 당시 참모진의 말도 일리는 있었으며 엄밀히 말해 최종 결정권은 백성엽에게 있었다.

모든 탓을 참모들에게 돌릴 수는 없다.

"아미숲에 대한 정보는 남주에서 제공해 주었어야 합니다. 그러나 보고서는 부실했고 약한 지반에 대해서 알 길이 없었죠. 참모들의 탓이라고 볼 수는 없을 거 같습니다."

"정보 부족으로 인한 실책이라……."

신태민은 참모진을 쳐다보았다.

"그렇습니까? 좋아. 그럼 현 상황에 대해 보고해 보아라."

"네, 대부분 늪으로 변해 진군은 어려워 보입니다. 해충이 기승을 부리고 있고 옷과 신발조차 말리기 힘든 상황입니다."

"해충으로 인해 열병을 얻은 이들도 많습니다."

"남주에 지원을 요청했으나 충분한 물자가 없다는 말만 반복할 뿐입니다."

보고는 전부 부정적인 것들뿐이었다.

백성엽은 한숨을 쉬는 참모들을 바라보며 생각했다.

'전부 이서하가 말했던 대로군.'

이서하는 이 모든 상황을 예견했다.

'남주에 물자가 있다고 한들 보급받기는 어려웠겠지.'

군은 숲 안쪽 고지대에 진을 쳤다.

적을 내려다보며 혹시 모를 기습에 대비하기 위함이었다.

하지만 그러한 결정은 악수가 되어 버렸다.

주변의 저지대가 전부 늪으로 변해 보급을 받는 것조차 불가능한 상태가 되어 버렸기 때문이다.

'냉정히 말하자면 이대로 후퇴하는 편이 정답이다.'

그도 아니면 비가 그쳐 주길 바라는 수밖에는 답이 없다.

자연과의 싸움에서 인간이 이길 수는 없으니까.

그리고 그때 한 참모가 말했다.

"……다시 남주로 돌아가 재정비를 하는 건 어떻습니까?"

백성엽이 생각한 대로 후퇴를 제안한 것이다.

하지만 백성엽은 한숨을 내쉬었다.

"하아."

생각만 했어야지.

"지금 나한테 후퇴하자고 하는 건가? 도적단을 상대로 꼬리를 말고 도망가자고?"

"그게 아니오라 잠시 남주로 돌아가 정비를 하고……."

신태민은 허탈하게 웃은 뒤 말을 이어 갔다.

"한심한 새끼. 이대로 남주로 돌아가면 내 적은 신태민이 도적단 따위에 패했다고 떠들고 다닐 텐데 그걸 원하는 거냐? 대가리는 장식이야?"

"제가 생각이 짧았습니다. 저하!"

"저딴 걸 참모라고 데리고 다니니 이 사달이 나지. 꼴도 보기 싫다. 끌고 나가."

무사들이 참모를 끌고 나가자 모두가 입을 다물었고 신태민이 단호하게 말했다.

"후퇴는 하지 않는다. 내 부대는 고작 비에 질 정도로 나약하지 않다. 이건하와 서아라는 수색대를 이끌고 적의 본거지를 찾아라. 놈들도 밥은 먹으면서 싸우고 있겠지. 물자가 있는 곳만 찾으면 단숨에 소탕할 수 있다."

"네. 저하."

회의가 끝나고 이건하와 서아라는 무사들을 이끌고 밖으로 나갔다.

백성엽은 그것을 회의적인 얼굴로 바라봤다.

'아마 못 찾겠지.'

길은 끊어져 있고 사람의 흔적은 비와 함께 다 쓸려 내려갔다.

아무리 이건하와 서아라가 훌륭한 지휘관이라고 하더라도 이런 상황에서 적의 본거지를 찾는 건 불가능에 가까웠다.

'하지만 이서하라면…….'

근거 없는 기대감이 생기기 시작했다.

이 모든 걸 예측하고 대비한 이서하라면 이 전쟁을 끝낼 방법도 알고 있지 않을까?

'신태민 저하가 옳았군.'

이서하는 죽여서는 안 되는 존재다.

무슨 일이 있더라도 포섭해 살려 놓아야만 한다.

'이서하의 통찰력은 이 나라의 미래를 위해 꼭 필요하다.'

백성엽은 그렇게 생각하며 몸을 돌렸다.

내리는 비에 온몸이 젖고 있었으나 상쾌한 기분이었다.

"점점 더 마음에 드는구나."

멍청한 동생이 당했던 일은 이미 잊은 백성엽이었다.

◆ ◈ ◆

일주일째 비가 내리고 있다.

그리고 앞으로도 계속 내릴 것이다.

'기록에 따르면 한 달간 비가 내린다.'

중간중간 반나절 정도 잦아들긴 하지만 매일 쏟아부을 예정이다.

나는 모닥불에 옹기종기 모여 있는 부대원들을 바라봤다.

'생각보다도 괜찮네.'

비가 내리기 전 나는 변승원에게 시켜 창고와 비를 피할 공간을 만들라고 지시했다.

덕분에 주변이 전부 늪으로 변하기 전에 튼튼한 피난처를 만들 수 있었고 나무로 된 지붕 밑에서 부랴부랴 천막을 치는 타 부대를 편안하게 구경할 수 있었다.

"들었어? 옆 중대는 열병으로 개고생 중이라던데."

"여분의 신발도 없어서 발이 쭈글쭈글하더만. 우리는 그래도 살 만한 거야."

"이게 다 중대장님 덕분이지. 안 그렇습니까?"

한 무사가 나를 향해 손을 흔들었다.

그럼 이게 다 누구 덕분이냐.

황금세대의 정점에 선 장원 급제자이자 청신의 미래이며 동시에 신유민 저하의 심복이자 천우진을 벤 약관의…….

말하다 보니 왜 이렇게 길어지냐.

어쨌든 이게 바로 나 이서하 덕분이 아니겠는가?

“후훗, 역시 난 대단해.”

“……직접 말하니까 재수 없는데? 안 그러냐 지율아?”

“아니, 서하는 대단하다.”

“맞아, 서하는 대단해.”

진지하게 대답하는 지율이와 아린이였다.

“……너희까지 그러지 마라. 민망하다.”

다들 상혁이처럼 반응해 줬으면 좋겠는데 말이야.

둘 다 저러니까 오히려 더 민망해지잖아.

상혁이는 고개를 흔들더니 화제를 바꾸었다.

“그나저나 확실히 모기가 이쪽으로는 안 오네.”

“그럼, 효과 하나는 확실하지.”

나는 모닥불에 실충초(蟋蟲草)를 뜯어 넣었다.

한 시진에 한 뿌리만 태워도 모기를 전부 내쫓아 주는 신비한 풀이었다.

북부에서는 쓸 일이 없어 아는 사람이 별로 없으나 더운 남부 지방과 몇몇 우림에서는 비싼 가격에 팔리는 그런 약초였다.

‘약초라고 하기는 좀 그렇지만.’

병을 예방한다는 의미에서는 그 무엇보다 훌륭한 약초가 아닐까?

거기에 여분의 옷가지와 신발, 그리고 혹시 모를 상황을 대비해 약재까지 갖춰 놓았으니 전쟁이 끝날 때까지는 별 탈 없이 버틸 수 있으리라.

'한 달만 버티고 스승님이랑 돌아가면 끝이지.'

좀 고생은 하겠지만 그래도 이 정도가 어딘가?

그때였다.

백성엽 장군의 부장들이 진흙을 튀기며 나에게 다가왔다.

"이야, 광명대는 살판났구먼. 옷도 다 뽀송뽀송하고. 다른 부대는 그렇게 고생하고 있는데 말이야."

예고도 없이 찾아와 시비조다.

내가 올려 보자 대표로 온 부장이 말했다.

"여기 모기를 쫓는 풀이 있다고 들어서 찾아왔다. 어디에 보관하고 있지?"

무슨 물건 맡겨 놓은 사람처럼 말한다.

저렇게 다짜고짜 찾아와 물어보면 '아이고 우리 부장님. 다 드리겠습니다.' 하면서 내줄 거로 생각한 걸까?

분명 내가 충분히 대비하고 가자고 했을 때 전쟁의 전 자도 모른다며 무시했던 놈 같은데 말이다.

내가 기억력 하나는 좋아서 그런 사소한 일까지 전부 기억한단 말이다.

절대로 소심해서 담아 둔 거 아니다.

"그건 왜 물어보십니까?"

"당연히 군을 위해서 아닌가? 너의 이기적인 행동 때문에 지금 다른 중대에 열병으로 고생하는 무사들이 몇 명인지 아나? 지금도 옆 중대의 무사들은 몸이 가려워 잠도 못 자고 있다고!"

호오.

생각보다 뻔뻔한 사람이었다.

그때 변승원 소대장을 필두로 중대원들이 비를 맞으며 나에게 다가왔다.

"중대장님. 무슨 일이십니까? 지금 누가 누구보고 이기적이라는 거죠?"

일주일 사이에 내 친위대가 된 중대원들은 변승원 소대장 뒤에 서서 큰소리치는 부장을 말없이 노려봤다.

부장은 당황한 듯 보였으나 바로 소리치며 말했다.

"이 자식들이 빠져서는. 당장 너희들이 가진 여분의 옷가지와 모기 쫓는 풀을 가져와라!"

나는 어깨를 으쓱하며 답했다.

"못 드릴 건 없죠."

"중대장님! 그건 군 보급품이 아니라 중대장님이 사비로 사 오신 거 아닙니까? 이건 강탈입니다."

"맞네. 소대장. 그래서 말입니다."

역시 변승원 소대장.

이런 쪽으로는 나와 장단이 잘 맞는다.

"적당한 값을 지급하시면 바로 내어 드리지요."

"뭐라고?"

"그럼 소대장. 지금 신발 한 켤레 가격은 어떻게 되나?"

"시국이 시국인지라 50냥은 받아야 할 것으로 생각됩니다."

"우리 창고장이 그렇게 말하고 있습니다. 그럼 실충초는 어떤가?"

"그 효과와 중요도를 생각한다면 한 뿌리에 100냥은 받아야 할 거 같습니다."

그러자 부장이 버럭 소리를 질렀다.

"이 자식이 지금 무사들의 목숨을 두고 장난을 치는 것이냐!"

그건 내가 하고 싶은 말이다.

"장난을 친 건 그쪽이겠죠. 제가 뭐라고 했었습니까? 아미 숲의 지반은 무르고 곧 장마철이 다가오니 대비를 해서 가야 한다고 분명히 말씀드렸습니다. 그 말을 무시한 건 부장님 아니었습니까? 그렇다면 누가 무사들의 목숨으로 장난을 치는 겁니까? 중대를 위해 사비를 털어 대비한 저입니까? 아무 생각도 없이 원정을 온 당신입니까?"

입이 열 개라도 할 말이 없겠지.

그렇기에 부장은 검을 뽑았다.

"이 새끼가 뚫린 입이라고!"

"뭣들 하느냐! 중대장님을 지켜라!"

변승원의 외침에 중대원들 모두가 발도한 뒤 부장을 노려

보았다.

부장은 사태가 이토록 커질 줄 몰랐는지 당황해하며 말했다.

"이 자식들이. 이건 하극상이다!"

만약 부장이 자신의 실수를 인정하고 고개 숙여 부탁했다면 여분의 장비를 나눠 주지 못할 이유도 없다.

하지만 이런 식으로 나오면 오기로라도 줄 수 없다.

어쭙잖은 선행은 비웃음을 살 뿐이라는 걸 난 누구보다 잘 알고 있으니 말이다.

그렇게 양측이 신경전을 벌일 때였다.

"뭣들 하는 게냐!"

소리를 친 것은 백성엽 장군이었다.

부장은 황급히 검을 집어넣고 백성엽 장군에게로 몸을 돌렸다.

"장군!"

부장은 나를 힐끗 보더니 먼저 입을 열었다.

"광명중대가 독단으로 군수품을 사용하고 있다는 제보를 받고 회수하러 왔습니다만 보다시피……."

그러니까 군수품이 아니라 내가 직접 산 거라니까 그러네.

머리가 장식이라 말을 못 알아듣는 건지 아니면 일부러 못 들은 척하는 건지 도대체 모르겠다.

하지만 이대로라면 군수품을 빼돌린 주제에 부장한테 검

을 든 꼴이 되어 버리니 한마디는 해야겠다.

"그게 아니라……."

그렇게 해명을 하려는 순간, 백성엽이 발도와 동시에 부장의 목을 베었다.

"……!"

상상도 못 한 상황이었다.

나뿐만이 아니라 모두 충격받은 얼굴로 백성엽을 바라보았다.

백성엽은 태연하게 검을 검집에 넣으며 말했다.

"무능한 놈은 해임하면 그만이지만 비열한 놈은 죽는 편이 낫다. 내 군수품 목록을 전부 꿰고 있는데 감히 나에게 거짓을 고하는가? 다른 부장은 할 말이 있는가?"

"없습니다!"

"그럼 물러가라."

"넵!"

부장들이 허겁지겁 도망친다.

나도 같이 가면 안 될까?

이 인간 무서워.

그때 백성엽이 나를 보며 말했다.

"모기를 쫓는 풀이 있다고 들었다."

"네, 넵!"

그럼요. 있고말고요.

지금 당장 드려야죠.

그렇게 말하려던 순간 백성엽이 먼저 고개를 숙이며 말했다.

"지휘관들을 위해 몇 뿌리 내어 줄 수는 없겠는가?"

지금 나한테 고개를 숙인 건가?

아주 살짝이었으나 장군이 일개 중대장, 그것도 약관도 안 된 나에게 고개를 숙인 것이었다.

나는 침을 삼킨 뒤 말했다.

"……당연하죠. 변 소대장. 당장 한 보따리 가져와."

"넵! 알겠습니다."

백성엽이 명장이라고 불린 이유를 알 것만 같다.

'이런 유형의 인물이었구나.'

세상에는 두 가지 유형의 지휘관이 존재한다.

불처럼 뜨거운 지휘관과 얼음처럼 차가운 지휘관.

백성엽은 얼음.

이성의 괴물과도 같은 지휘관인 셈이다.

자존심, 명예, 동정, 연민, 그러한 쓸데없는 감정을 전부 거세한 명장.

그렇기에 나에게도 고개를 숙일 수 있는 것이다.

"그리고 물어볼 것이 있다. 이서하 중대장이라면 이번 전쟁을 빠르게 끝낼 방법도 알고 있을 거 같은데. 아닌가?"

난 잠시 머뭇거렸고 백성엽은 그 순간을 놓치지 않았다.

"알고 있군."

"……."

참 눈치도 빠른 아저씨였다.

하지만 난 순순히 신태민을 도와줄 생각이 없었다.

어쭙잖게 도와줬다가는 신태민의 주가만 더 올라갈 테니 조심스러울 수밖에 없다.

다시 말하지만 어쭙잖은 선행은 비웃음거리가 될 뿐이다.

적어도 나의 공적만큼은 온전히 나의 것이 된다는 보장이 있어야만 한다.

"방법이 있긴 합니다만, 한 가지 부탁이 있습니다."

"말해 보아라."

"저에게 장군님이 가진 지휘권을 위임해 주셨으면 합니다."

이 정도는 돼야 움직일 맛이 나지 않겠는가?

내가 지휘를 했다는 공식적인 문서를 받을 수만 있다면 이 전쟁의 승자는 신태민이 아닌 내가 될 테니 말이다.

물론 백성엽 장군이 이 터무니없는 제안을 받아들일 리가…….

"좋아. 그렇게 하지."

"네?"

……그럴 리가 있구나.

백성엽은 직접 이서하에게 독자적인 작전 지휘권을 주었다.

광명중대는 이제부터 별동대로 상부의 결재 없이 작전을

수행할 수 있게 된 것이다.

"이제부터 광명중대의 공과 실은 전부 너의 몫이 되었다."

이서하는 의미심장한 미소를 짓고 떠났다.

그렇게 공식적으로 별동대를 만든 백성엽은 신태민의 천막으로 향했다.

홀로 자리한 신태민은 천막 안으로 떨어지는 빗방울을 멍하니 바라보고만 있었다.

"저하, 시간 괜찮으십니까?"

"아주 괜찮죠. 할 것도 없고. 이렇게 지루한 전쟁은 처음입니다."

신태민은 한숨을 내쉬었고 백성엽은 미소를 지었다.

"그래서 재밌는 이야기를 하나 가지고 왔습니다. 지금의 상황을 예언한 이가 있습니다. 누군지 짐작이 가십니까?"

"……이서하입니까?"

"정답입니다."

"호오, 그래요? 정확히 어떻게 말했습니까?"

백성엽은 이서하가 말했던 내용을 그대로 신태민에게 전달해 주었다. 다른 부장들과 참모들의 의견을 합해 자신이 뭉개 버렸다는 것까지도 숨기지 않고 전부 말했다.

"미래를 알고 있었다면 좀 무리를 해서라도 이서하의 조언을 들었을 것입니다만, 당시에는 터무니없는 말이었죠."

"그렇죠. 비가 이렇게 올 줄도, 지반이 이렇게 약할 줄도 몰랐으니까요."

"하지만 이서하는 사비를 써 가며 대비해 왔더군요. 마치 이렇게 될지를 알고 있었던 것처럼."

"바로 그겁니다!"

신태민은 백성엽을 손가락으로 가리키며 말했다.

"이서하는 항상 미래를 예측하고 행동하는 것처럼 보였습니다. 이는 예언 수준의 통찰력을 가지고 있다는 소리고 전쟁에 꼭 필요한 요소죠."

"맞습니다. 단순히 싸움 잘하는 아이만은 아니죠."

두 사람의 평가가 통일되었다.

"그래서 이번에 이서하에게 독자적인 작전권을 주었습니다. 이 암울한 상황에서도 무언가를 해낸다면 그때는 그의 능력을 믿어 의심할 필요가 없겠죠."

신태민은 흡족한 미소를 지었다.

"잘하셨습니다, 장군. 역시 말이 통하는군요. 남재는 계속 죽이라고 난리를 쳐서 귀에 피가 날 지경이었습니다."

"정치만 할 줄 알지 전쟁은 모르는 사람 아닙니까? 어쩔 수 없죠. 뛰어난 지휘관은 하늘이 내려 주는 것. 저도 이서하는 죽이기 아까운 인재라고 생각합니다."

"바로 그겁니다. 그러니 우리 편으로 만들어야 합니다. 형님에게는 과분한 존재이니 말이죠."

백성엽은 고개를 끄덕였다.

뛰어난 만큼 적이 되었을 때는 더 위협적이다.

"그래서 이번 작전에서 이서하가 성과를 내면 그를 전면에 내세울 생각입니다."

신태민은 고개를 갸웃했다.

"그럼 남 좋은 일 하는 거 아닙니까?"

이서하는 명실상부 신유민의 심복.

신태민이 총대장으로 나온 원정대에서 신유민의 심복이 일등 공신이 되면 망신도 그런 망신이 없지 않은가?

하지만 백성엽은 대수롭지 않게 말했다.

"사람은 성공에 중독되기 마련입니다. 한번 성공을 맛보고 명예를 얻게 되면 다음 기회가 빨리 오기만을 손꼽아 기다리죠. 그래서 전쟁 영웅은 또 전쟁을 찾아 나가는 겁니다. 그런데 신유민 저하는 전쟁터에 안 나가지 않습니까?"

성공, 그리고 명예는 마약과도 같다.

한 번이라도 맛본 이는 계속 그것을 갈구하니 말이다.

"……그럼 우리와 함께 출진하고 싶어 하겠군."

"네, 천천히 포섭하면 될 일입니다."

옆에만 둘 수 있다면 포섭하는 건 어렵지 않으리라.

이건하의 별동대는 숲 안쪽에서 수색을 진행했다.

'백성엽 장군이 이서하를 만났다고 했지.'

이건하는 백성엽이 이서하를 만났다는 사실을 전해 들어 알고 있었다.

'이서하에게 무엇을 말했을까?'

신태민도 그렇고 백성엽도 그렇고 이서하에게 많은 기대를 거는 듯 보였다.

'이러다가 이서하가 먼저 은신처를 찾게 되면…….'

별로 좋지 않다.

'서둘러야겠네.'

이건하는 작게 한숨을 내쉬었다.

처음에는 습격하는 도적단의 뒤를 쫓아 이들의 은신처를 찾아낼 생각이었다.

하지만 도적단은 매번 기습 후 사방으로 흩어졌고 이들을 뒤쫓기란 쉬운 일이 아니었다.

"생각보다 훈련이 잘된 놈들입니다. 아마 뒤를 쫓아도 은신처는 찾을 수 없을 겁니다."

"그렇겠지."

이건하는 잠시 생각하다 고개를 끄덕였다.

이서하보다 빠르게 은신처를 찾을 방법.

이렇게 된 이상 그 방법은 하나뿐이었다.

"이동하자."

그렇게 가까운 장소로 이동한 이건하는 부하들에게 명령

했다.

“여기서 잠시 휴식한다.”

“잠시만요. 대장님. 여기 있다가는 고립될 수도 있습니다.”

부장은 온 길을 바라봤다.

빗줄기가 거세지며 지나쳐 온 길이 점점 늪지대로 변모하고 있었다.

이건하는 무표정하게 바라본 뒤 고개를 끄덕였다.

“안다.”

“안다고요?”

“그래야 적이 습격해 오지 않겠느냐? 부하들에게는 편하게 쉬라고 해라. 저기 큰 나뭇잎을 꺾어 비도 피하고.”

“도대체 무슨 생각이십니까?”

“기만 작전이다. 적을 속이려면 아군부터 속여야지.”

“…….”

부장이 허망하게 서 있자 이건하가 고개를 갸웃하며 말했다.

“난 명령을 내렸을 텐데?”

“……네. 알겠습니다.”

이건하의 명령을 거스르면 어떻게 되는지 오랜 시간 함께해 오며 알고 있는 부장이었다.

부장은 이건하가 말한 대로 부하들에게 휴식을 주었고 이건하는 조금 멀리 떨어져 지켜보았다.

그리고 그 광경을 도적단을 이끌던 주씨 형제 중 동생.

주경식이 발견했다.

"대장님. 지금이 기회입니다. 아무리 신태민의 정예라도 늪으로 둘러싸인 상태로는 아무것도 할 수 없을 겁니다."

주경식은 잠시 생각에 잠겼다.

그의 형, 주창식은 최대한 안전한 위치에서 적을 기습하라 했다.

적에게 인명 피해를 내려는 것이 아니라 피곤하게 만드는 것이 목적이라며 말이다.

하지만 조금만 위험을 무릅쓰면 적을 섬멸할 수 있을 것만 같았다.

'조금이라도 숫자를 줄이면 좋겠지.'

주경식은 생각을 마치고 고개를 끄덕였다.

"공격하자."

이윽고 도적단은 최대한 가까이 가 화살을 날리기 시작했다.

"기습이다!"

사방에서 화살이 쏟아졌고 이건하는 정신을 집중했다.

그 또한 철혈, 이강진의 손자.

이미 어렸을 때부터 육감을 사용할 수 있었다.

그리고 그의 육감에 주경식이 포착되었다.

'네가 가장 강하구나.'

이건하는 바로 늪을 뛰어넘어 주경식에게로 향했다.

부하들이 당하든 말든 그건 그가 상관할 바가 아니었다.

이건하의 목표는 처음부터 간부를 잡는 것.

"뭐, 뭐야!"

주경식은 마치 늪을 단단한 땅처럼 밟으며 날아오는 이건하를 발견하고는 놀라 자빠졌다.

"경식 대장님을 지켜!"

도적단이 이건하의 앞을 가로막았으나 이건하는 가볍게 이들을 베어 내고 주경식의 목을 잡아 땅에 꽂았다.

"네가 대장이구나."

"크윽! 망할!"

이건하는 희미하게 웃으며 말했다.

"너무 겁먹지 마라. 널 죽일 생각은 없으니."

중요한 정보원을 죽일 수는 없지 않은가.

적의 은신처를 알아내는 가장 손쉬운 방법.

바로 고문이었다.

◆ ◈ ◆

"자, 그럼 지금부터 작전 회의를 시작한다."

기왕 이렇게 된 거 최대한 빨리 이 전쟁을 끝내고 수도로 돌아갈 생각이었다.

승리의 일등 공신은 내가 될 테니 신태민한테도 한 방은 먹일 수 있을 것이고 말이다.

그때 상혁이가 주변을 돌아보며 말했다.

"우리밖에 없는데?"

회의에 참석한 사람은 기존의 광명대, 즉 내 친구들과 변승원 소대장, 그리고 스승님뿐이었다.

"응. 비밀스럽게 진행할 생각이거든."

이번 작전에 중대 규모의 병력은 필요 없다.

실력 좋은 소대 하나면 충분.

"자자, 빨리 끝내고 집으로 가서 좀 쉬자고. 축축해 미치겠다."

나는 바로 작전 개요를 설명했다.

"작전은 간단해. 적의 은신처를 찾아 박살 내고 돌아오는 족족 전부 죽인다. 그걸로 끝."

신태민과 백성엽이 생각한 작전과 같다.

숲 전역에 펼쳐져 있는 도적단을 일일이 쫓아 섬멸하기에는 숲이 너무 넓다.

그렇기에 적의 본거지를 찾아 박살 내고 복귀하는 이들을 잡는 것이 가장 효율적이고 간단한 방법이다.

하지만 상혁이는 무언가를 더 원하는 듯 물었다.

"그건 지금 하는 거 아니야?"

"좋은 지적이야. 하지만 본대는 절대로 도적단의 은신처를 찾을 수 없을 거야."

"절대로 찾을 수 없다고?"

"응, 정확히 말하자면 지금 이 상태로는 찾을 수 없지."

이유는 간단하다.

“적의 은신처는 아미숲에 없거든.”

도적단의 은신처는 숲에 없다.

아미숲의 뒤로는 산족(山族)의 성산(聖山)이 존재했다.

이들은 외부의 사람들을 절대로 받아들이지 않기에 신태민을 비롯한 수뇌부는 도적단의 본거지가 숲 안에 있을 것이라고 확신한 것이다.

그러나 그건 섣부른 판단이었다.

“도적단의 은신처는 바로 숲 너머 성산(聖山)에 있다.”

회귀 전, 내가 본 보고서에는 이렇게 적혀 있었다.

산족(山族)이 도적단을 숨겨 주고 있었으나 이건하가 이를 발견하고 이들을 모두 토벌한다.

숲에서 농락당한 탓에 분노한 무사들은 도적단을 단 한 명도 살려 두지 않고 전부 죽였고 대장인 주창식과 주경식의 목을 가지고 복귀했다는 것이었다.

“정확한 위치는 바로 여기야.”

“그런데 그걸 어떻게 아십니까?”

스승님, 김한결의 질문이었다.

어떻게 아냐고?

그야 미래의 보고서를 읽었으니까…… 라고 말할 수는 없었다.

“그러니까…….”

"에헤이, 우리는 그런 걸 물어보지 않습니다."

상혁이었다. 스승님은 그런 상혁이와 나를 번갈아 보다가 이해한 듯이 고개를 끄덕였다.

"뭐, 그렇다고 알겠습니다."

의심이 완전히 가신 표정은 아니지만 그래도 저런 허접한 변명만으로 넘어가 주니 고마울 따름이다.

나는 작전 회의를 이어 갔다.

"은밀하게 이루어져야 하는 작전인 만큼 소규모로 진행, 기존 광명대만으로 움직일 예정이야. 변승원 소대장은 내가 없는 동안 중대 지휘를 맡아. 아무 일 없다는 듯이."

"맡겨만 주십시오."

이제는 나를 존경하는 것처럼 보이는 변승원 소대장이었다.

역시 돈의 힘은 굉장하다.

나름 잔뼈도 굵고 다른 소대장들과도 두루두루 친한 사람이니 내가 없는 동안 중대를 잘 이끌어 줄 것이다.

"김한결 무사님은 저희와 함께 갑니다."

"알겠습니다."

혹시나 돌발 상황이 벌어졌을 때는 스승님의 통찰력이 필요할 수도 있다.

"그럼 바로 출발한다. 일각 이후에 다시 모이자."

그렇게 일각 후.

나는 나무에서 나무로 이동하는 방법으로 숲에서 성산까지 달렸다.

"남동쪽에 도적. 북쪽으로 북상 중이야."

아린이와 상혁이, 그리고 나까지 육감을 사용할 수 있었기에 도적단을 피해 이동하는 건 그리 어렵지 않았다.

그렇게 도착한 성산(聖山).

마치 세상을 둘로 나눈 듯 깎아지른 절벽이 일자로 늘어서 있었고 그 사이사이 계곡물이 쏟아지고 있었다.

빗속에서도 그 웅장함은 엄청나다.

"왜 성산(聖山)이라고 불리는지 알겠네."

나 또한 북부에서만 생활했었고 또 나찰을 피해 남이 아닌 북쪽의 제국으로 향했기에 성산을 직접 눈으로 본 적은 없었다.

하지만 감상은 여기까지.

나는 조잡한 지도를 확인하며 조심스럽게 계곡 안으로 이동했다.

다행히도 지도에 표시된 부근에 길이 있었기에 도적들의 은신처를 찾아가는 건 그리 어렵지 않았다.

그렇게 깎아지른 절벽을 따라 이동하기를 한참.

내 육감에 엄청난 수의 인기척이 느껴졌다.

아린이도 같은 걸 느꼈는지 걱정스럽게 말했다.

"숫자가 많은데? 서하야. 우리끼리 괜찮을까?"

"그러게. 다들 숲에 있을 줄 알았는데."

도적단이 저렇게 많았나?

육감에 느껴지는 것만 해도 몇천에 가까웠다.

도적단 규모가 이 정도로 크다는 것은 보고서에 적혀 있지 않았는데 말이다.

이윽고 계곡 사이사이를 이어 주는 다리와 사람들이 사는 듯한 동굴이 나타났다. 상당히 본격적인 마을이었다.

마침 점심시간인지 대부분이 큰 동굴 안에 모여 있었고 나는 조심스럽게 안을 살폈다.

"……이런 미친."

내 말을 들은 상혁이가 고개를 빼꼼 내밀며 말했다.

"뭐야? 왜 그래? 잠깐…… 저게 도적단이야?"

동굴 안에는 노인, 어린아이를 비롯한 여자들이 가득했다.

이것만으로도 상상치 못한 광경이었지만 내가 충격을 받은 이유는 따로 있다.

'이걸 다 죽였다고?'

바로 이건하가 작성한 보고서.

-도적단은 전원 그 자리에서 처형했다.

이것이 회귀 전, 이건하가 죽였다는 도적단의 정체였다.

Chapter 54.

Chapter 54.

폭우가 쏟아지는 아미숲.

주창식의 도적단과 서아라의 수색대의 대결은 잠시 소강 상태로 접어들었다.

도적단은 안전한 위치에서 화살을 퍼붓고 도망치고를 반복했기에 이렇다 할 피해를 줄 수 없었으나 서아라의 수색대 또한 늪까지 건너가며 무리해서 쫓아오지 않았다.

그렇게 의미 없는 소모전만 계속되었고 그건 정확히 주창식이 의도한 바였다.

"수도군이라고 해 봤자 별거 아니군요."

무사 중 하나가 말하자 주창식은 고개를 끄덕였다.

"어차피 같은 인간일 뿐이야. 너무 겁먹지만 않으면 이길 수 있다."

며칠만 더 버티면 적들은 왜 자기들이 이 먼 곳까지 와서 개고생해야 하는지에 대한 의문을 품을 것이다.

지켜야 할 것이 없는 사람들은 약해지기 마련이니 말이다.

그에 비해 도적단은 다르다.

이들은 가족, 사랑하는 사람들을 위해 싸우고 있었기에 늪 속에서도 오랫동안 버티며 싸울 수 있는 것이었다.

주창식은 부하들을 돌아보며 말했다.

"조금만 더 버티자. 실마리조차 잡지 못하면 적들도 후퇴할 거다."

은신처는 이 숲에 존재하지 않으니 적에게 들킬 위험도 없다.

비만 계속 내려 준다면 충분히 신태민을 이길 수 있다.

그때였다.

"대장님! 대장님!"

헐레벌떡 뛰어온 한 무사가 거친 숨을 내쉬며 외쳤다.

"경식 형님이 잡혔습니다!"

"……뭐?"

처음으로 들려온 비보였다.

주창식은 애써 침착함을 유지하며 물었다.

"어쩌다가?"

"고립된 적을 기습하기 위해 무리하게 접근했다가 당했다고 합니다. 어떻게 하시겠습니까?"

"……이건하!"

서아라를 주창식이 맡고 이건하를 동생 주경식이 맡고 있었다.

잡혔다면 이건하밖에 없다.

주창식은 생각에 잠겼다.

생포해 갔다는 것은 아마도 은신처에 대한 정보를 얻기 위함일 것이다.

적어도 바로 죽이지는 않았을 것이다.

하지만 그렇다고 무리해서 그를 구출하러 갈 수도 없었다.

정규군과 정면으로 부딪치는 것이 얼마나 위험한 일인지는 첫날 뼈저리게 느꼈으니 말이다.

"일단 은신처로 돌아간다."

곧 있으면 해가 지고 수색도 끝날 것이다.

"경식 형님이 은신처에 대해 발설하면 어떡합니까?"

"그럴 리가 없어."

그렇게 말하면서도 확신할 수 없었다.

인간의 정신은 생각보다도 나약하다.

"……아니, 그럴 수도 있지."

주창식은 현실적인 대답을 한 뒤 부하들에게 말했다.

"하지만 며칠은 버텨 줄 것이다. 바로 입을 열 정도로 나약한 놈은 아니야. 은신처로 돌아가 구출 작전을 세운 뒤 움직인다."

"넵!"

급하게 생각하지 말자.

그릇된 선택 한 번으로 자신을 따르는 무사들은 물론 은신처에 숨어 있는 수많은 사람까지 전부 비참해질 수 있었다.

주창식은 미행이 없나 수시로 확인하며 은신처로 향했다.

미끄러운 절벽의 간도(間道)를 지나가자 도적단의 은신처가 나왔다.

밝은 동굴로 향하자 왁자지껄한 소리가 밖으로 새어 나왔다.

"엄마! 이거 진짜 맛있어. 먹어 봐."

"진짜 오랜만에 고기를 먹어 보네."

고기라는 말에 고개를 갸웃하며 동굴 안으로 진입한 주창식은 그대로 발걸음을 멈췄다.

"이게 다 여기 이 친구 덕분이죠."

"하하하, 운이 좋았지 뭐."

한 번도 본 적 없는 무사들이 사람들과 어울리고 있었고 그들의 상의에는 태양 자수가 새겨져 있었다.

군복이었다.

순간 주창식은 냉정함을 잃었다.

동생이 잡혀간 것만으로도 충격적이었는데 은신처마저 들

켜 버렸다.

숲에서의 전투가 모두 의미 없어진 것이었다.

이 난관을 해쳐 나갈 방법은 오직 하나.

이곳을 발견한 적을 전부 죽여 버리는 것이다.

주창식은 바로 검을 뽑아 든 뒤 외쳤다.

"적이다! 제압해!"

서하와 일행은 눈이 시뻘게져 달려드는 주창식을 돌아봤다.

"아니, 잠깐……."

서하가 양손을 들어 올렸으나 주창식은 멈추지 않았다.

"아이고."

그렇게 검을 휘두르는 순간.

서하가 주창식의 손을 잡아 엎어 치고는 바로 그의 목을 팔꿈치로 눌렀다.

"이 개자식이……!"

"놀란 건 알겠는데 진정 좀 하지? 난 적이 아니거든."

"적이 아니라고?"

주창식은 선인답게 빠르게 냉정을 되찾고 눈동자를 굴려 주변을 돌아봤다.

모두가 다 같이 멧돼지 한 마리를 나눠 먹고 있었다.

무사들이 전부 전투에 나가 있기에 누구도 사냥할 수 없음에도 말이다.

"이게 도대체 무슨……."

"저건 선물이야. 사람들이 좀 힘들어 보여서."

이서하는 주창식을 놓아준 뒤 적당한 돌 위에 앉으며 말했다.

"진정됐으면 대화 좀 할까?"

주창식은 어리둥절한 얼굴로 자리에서 일어나 주변을 돌아봤다.

도대체 무슨 일이 벌어지고 있는지 이해가 되지 않는 그였다.

◆ ◈ ◆

"이런 미친……."

처음 동굴을 발견했을 때 나도 모르게 나온 말이었다.

내가 상상한 은신처는 이런 모습이 아니었다.

도적들이 마을에서 납치해 온 여자들을 끼고 낄낄거리며 고기를 구워 먹는 그런 느낌이었는데 말이다.

너무 뻔한가?

하지만 그게 평범한 도적단 아닌가?

실제로 보고서에서도 그런 식으로 표현되어 있었다.

- 극악무도한 도적단이 마을을 약탈하고 사람들을 납치

했다.

이렇게 말이다.

그런데 이게 뭐냐?

납치해도 저렇게 많이 납치했다가는 정작 지들이 먹을 것이 없어 굶어 죽겠다.

이래서 보고서만 믿고 움직이면 안 된다.

'망할 보고서를 자기 좆대로 쓰고 있어. 쯧.'

내가 앞으로 전쟁 보고서를 그대로 믿나 봐라.

"서하야. 이거 도적단 은신처 맞아? 피난민들 은신처가 아니라?"

"그러니까 말이다."

나의 영향으로 미래가 바뀌었을 리도 없는 지역이다. 회귀 전에도 남주의 폭거를 피해 도망쳐 이곳에서 살고 있었다는 뜻이 된다.

하지만 보고서에 그런 내용은 없었다.

'아마 전부 죽이고 시체는 전부…….'

나는 절벽 밑으로 시선을 돌렸다.

깎아지른 절벽 끝이 보이지 않는다.

아마 회귀 전 이건하는 이들을 모두 죽인 뒤 절벽 밑으로 전부 던졌을 것이다.

그러면 깔끔하게 시체를 처리할 수 있었을 테니 말이다.

"생각보다 더 미친 새끼였네. 그거."

피도 눈물도 없는 인물임은 잘 알고 있었다.

그러나 생각보다도 더 맛이 간 놈이었다.

그렇게 생각할 때였다.

"어? 왜 안 들어오고 밖에 있어?"

한 꼬마가 밖으로 나오다 나를 발견하고는 말했다.

그리고는 바로 안쪽에 있는 엄마를 부르기 시작했다.

"엄마! 밖에 사람 있어."

그 순간 동굴 안에서 들려오던 소리가 멈추고 하염없이 쏟아지는 빗소리만이 들렸다.

나는 혀를 찬 뒤 말했다.

"일단 친근하게 가자."

"응. 알았어."

모두가 고개를 끄덕이고 나는 동굴 안으로 모습을 드러냈다.

그러자 어른들의 표정이 굳어졌고 분위기를 파악한 아이들이 겁에 질린 표정으로 부모의 가슴에 얼굴을 묻었고 노인들이 앞으로 걸어 나왔다.

나는 싸울 의지가 없다는 것을 표현하기 위해 양손을 들고 말했다.

"너무 경계하지 마세요. 저도 당황스러워서 할 말을 잃은 상태니까요."

그렇다고 경계를 풀 리는 없지만 말이다.

먹을 것도 부실하고 사람들은 지친 얼굴이다.

나는 박민주를 돌아보며 말했다.

"민주야. 나가서 사냥 좀 해 와라."

"응? 사냥?"

"어, 아무거나 사람들이 먹을 만한 거로."

"그러면 도대체 몇 마리를 잡아야 하는 거야? 아무래도 나 혼자는 안 될 거 같은데."

"그럼 상혁이도 데려가."

"좋아!"

목소리가 너무 큰 거 아니냐? 민주야.

상혁이는 눈을 동그랗게 뜨고 말했다.

"나도?"

"너의 육감과 민주의 눈이면 금방 잡아 오겠지. 절벽 오를 수 있잖아."

"그거야 뭐……."

청신에서 맨날 하던 거니 말이다.

그렇게 민주와 상혁이가 나가고 나는 말없이 사람들을 쳐다보았다.

불필요한 대화는 필요 없었다.

민주가 먹을거리를 가지고 돌아오면 같이 나눠 먹은 뒤 경계심이 풀린 틈을 타 대화를 시도해도 늦지 않으리라.

그렇게 어색한 한 시진이 지나가고 상혁이는 거대한 멧돼지 한 마리를 등에 짊어지고 나타났다.

"턱도 없겠지만 빗속에서는 이게 전부다."

"잘했어. 국 끓이면 돼."

그렇게 뼈로는 국을 끓이고 살코기는 구워 먹을 때 바로 주창식이 들어온 것이다.

다짜고짜 공격해 오는 바람에 놀라긴 했지만 차라리 잘됐다.

딱 봐도 그가 두목이었으니 그에게 상황을 물어보면 될 것이다.

"진정됐으면 대화 좀 할까?"

주창식은 말없이 내 앞으로 와 앉았다.

"난 이서하라고 한다."

"주창식이다."

간단한 자기소개 후 나는 바로 본론으로 들어갔다.

"난 극악무도한 도적단을 토벌하기 위해 왔는데 이건 극악무도와는 좀 거리가 있는 거 같아서 말이야. 어떻게 된 거지? 짧게 요약해 줄 수 있을까?"

"요약하면?"

"내가 그쪽을 도울지 군을 도울지 정할 수 있을 거 같아서 말이야."

주창식은 냉소적으로 웃은 뒤 말을 이어 갔다.

"하아, 그것밖에 선택지가 없겠네."

힘의 우위는 방금 한 번의 전투로 이미 확인했다.

주창식은 평범한 백의선인.

그 이상은 아니었기에 지금의 내 수준에서는 극양신공을 사용하지 않아도 제압할 수 있었다.

거기다 내 친구들이 자기 부하를 제압하는 것도 봤을 테니 주창식에게는 나를 설득하는 것 말고는 다른 선택지가 없을 것이다.

주창식은 잠시 생각하다 이야기를 시작했다.

"난 남주로 파견 온 선인이었다."

몇몇 선인들은 지방으로 파견을 나간다.

물론 대부분은 평민 출신이거나 이름도 없는 가문 출신일 가능성이 크다.

그렇게 동생과 함께 남주에 도착한 주창식은 평화로운 나날을 보냈다.

남주학관 출신 무사들과 오씨 가문의 텃세가 있었지만 그럭저럭 살 만했다고 한다.

하지만 일이 터졌다.

바로 무사들이 마을을 착취하는 것을 목격한 것이다.

'하긴, 남주는 가장 썩은 동네 중 하나지.'

남쪽의 지루한 동네.

무사들은 마을 사람들을 착취하고 우월감을 느끼는 것으

로 지루함을 풀고 있었다.

"상부에 보고했지만 아무런 조치를 취하지 않더군. 그래서 수도에 직접 보고했다. 그랬더니 내가 강등되더군."

"중간에 가로챘을 테니 어쩔 수 없지."

일개 선인이 할 수 있는 일은 없었을 것이다.

"그 이후 나는 배신자 취급을 받았다. 그리고 강요하더군."

"강요하다니? 뭘?"

"강간, 착취, 살인 등등. 지들이 하던 짓을 말이야."

같은 사람으로 만들려고 했을 것이다.

저 혼자 고고한 척 악행은 안 돼! 이러고 있는 사람이니 말이다.

"그래서 어떻게 했지?"

"다 죽였다. 눈이 돌아가서 말이야."

"……."

생각보다 화끈한 인물이었다.

하지만 정의롭다.

약간의 단점은 있지만 내 기준에서는 그리 나쁜 사람이 아니었다.

"그리고 동생과 함께 이 아미숲으로 도망쳤지. 그랬더니 마을 사람들을 비롯해 나와 함께 배척받던 무사들도 따라오더군."

그렇게 초기 도적단이 만들어진 것이었다.

"필요한 물건들을 얻기 위해 마을의 유지들을 털 때마다 사람들이 더 몰려들어서 말이야. 이렇게 되었다. 그럼 이제 그쪽의 선택을 들어 볼까?"

"생각 좀 해 보지."

섣불리 선택을 내리지 말고 생각을 좀 해 보자.

이 사람들을 살려서 어떻게 할까?

'노인은 많지 않아. 아마 대부분 마을에 남았겠지.'

살날이 많이 남지 않은 노인들은 극단적인 변화보다 비참한 안정을 택했을 것이다.

그렇다 보니 대부분은 젊은 여자들과 아이들.

전투 중인 무사들까지 생각한다면 상당히 연령대가 낮은 무리였다.

'은악으로 데리고 가면 괜찮겠어.'

상혁이의 영지인 은악은 인구가 부족하고 또 연령대가 높다. 거기에 무사도 많이 없어 외부의 공격에 취약한 상태다.

주창식의 부대를 끌고 가면 이 모든 문제가 해결된다.

남자들은 대부분 무과를 통과한 무사들이고 여자와 아이들도 많으니 말이다.

문제는 어떻게 데리고 가느냐인데…….

그렇게 생각할 때 주창식이 말했다.

"빨리 결정하는 게 좋을 거야. 내 동생이 잡혀갔거든."

"어? 뭐라고?"

"이건하한테 잡혀갔다. 지금쯤이면 고문받고 있겠지."

주창식은 굳은 얼굴로 말했다.

그의 말대로다.

아마 상상도 못 할 고문을 받고 있겠지.

정말로 빨리 결정해야겠다.

이건하가 오면 몰살이니 말이다.

막아서면 나도 죽일 인물이다.

"좋아. 일단 난 모두를 살릴 생각이다."

"……듣던 중 반가운 소리인데. 어떻게? 네가 우리를 데리고 이 숲을 빠져나가겠다는 거냐? 수색대가 매일같이 돌아다니는데?"

무사들만이라면 몰라도 민간인까지 데리고 탈출할 수는 없다.

그때였다.

"저기 굳이 탈출해야 하는 거야? 안 그래도 될 거 같은데."

내 옆에서 대화를 듣고 있던 김한결, 내 스승님이었다.

"그냥 가면 되는 거 아니야?"

"……."

내가 대답이 없자 스승님의 표정이 점점 굳어졌다.

"아, 아니야. 그냥 잊어. 좀 터무니없는 이야기라……."

"아뇨, 김한결 무사님 말대로네요."

말을 이해하는 데 시간이 좀 걸렸다.

항상 남들과는 다른 시점으로 생각하는 사람이라 말이야.

"그게 가장 가능성이 크겠어요."

모두가 살거나.

모두가 죽거나.

모 아니면 도였다.

◆ ◈ ◆

이건하의 진지(陣地).

주경식을 끌고 온 이건하는 직접 그를 묶어 놓고 고문을 시작했다.

'이서하는 떠났다.'

보고에 따르면 이서하는 소수의 인원과 함께 떠났다고 한다.

'항상 뭔가를 아는 듯 앞서 나갔었지.'

지금까지의 행보를 생각한다면 도적단의 은신처를 순식간에 찾아낼 가능성도 충분했다.

기우(杞憂)일 수도 있겠지만 마음이 급해진 이건하는 처음부터 강도 높은 고문을 시작했다.

"끄아아악!"

"은신처만 말하면 편해질 수 있다. 어차피 결과는 같을 테니 고통받을 필요도 없지 않느냐?"

"……개소리하지 말고 계속해. 왜? 벌써 지쳤어?"

"그래, 그럼 계속하지."

이건하는 무표정하게 몸을 일으켰다.

마음은 급했지만 그의 행동과 표정은 그 어느 때보다도 평온했다.

"말하고 싶으면 언제든지 말하라고. 시간은 많으니까."

급한 모습을 보이면 오히려 정보를 끌어내기 쉽지 않다.

누군가를 괴롭힐 때는 이것이 절대 끝나지 않을 것이라는 절망감을 주어야 하는 법이었다.

'하지만 이걸로는 부족하다.'

이미 고문을 시작한 지 반나절이 지나갔다.

은신처를 말할 만한 인물이었다면 이미 말하고도 남았을 시간이다.

반나절이 지났는데도 버틴다.

이 말은 장기전이 될 것이라는 뜻이었다.

'급해지는 건 오히려 나로군.'

만일 그 전에 이서하가 은신처를 찾아낸다면 이번 전투의 일등 공신은 그가 될 것이었다.

신태민과 백성엽은 더욱더 이서하를 좋아하게 되겠지.

그렇게 놔둘 수는 없었다.

그럼 다른 방법이 있을까?

이건하는 주경식의 소지품을 다시 한번 확인했다.

조금이라도 더 많은 정보가 있다면 그를 압박할 수 있으리라.

그렇게 옷가지를 뒤져 보던 이건하는 안주머니에서 노리개 하나를 찾아낼 수 있었다.

여자들이 치마 옆에 다는 그러한 장신구였다.

'노리개.'

허름한 전투복과 달리 노리개는 꽤 비싼 물건으로 보였다.

무사들은 여성적인 것을 기피한다.

서로서로 더 강해 보이기 위해 안달인 족속인 만큼 노리개 같은 것을 가지고 다닐 이유가 없었다.

'훔친 물건일 수도 있지만…….'

굳이 이걸 들고 다닐 필요가 있을까? 그냥 창고에 넣어 놓으면 되지 않나? 다른 무사들이 보면 놀릴 만한 물건을 굳이?

그렇다면 생각되는 이유는 하나였다.

'누군가에게 주려고 가지고 다닌 거구나.'

아마 생일이나 기념일에 주려고 가지고 다녔을 것이다.

그렇다는 건 주변에 여자가 있다는 뜻이다.

'저 나이에 여자가 있다면…….'

아이도 있을 수 있다.

그렇다면 한 가지 가설이 세워진다.

'가족이 있구나.'

그럼 주경식에게만 가족이 있을까?

다른 무사들에게도 있을 가능성이 컸다.

'그럼 규모가 굉장히 커진다.'

무사의 수만 하더라도 평범한 도적단과 비교할 수 없는 규모였다.

이들에게 가족이 있다면? 그리고 그 가족의 친척들까지 있다면 도대체 몇 명으로 늘어나는가?

'그 정도 규모의 은신처가 숲에 있었다면 발견하지 못했을 리가 없다.'

무사들로 이루어진 도적단이야 뿔뿔이 흩어져 자급자족하며 살아간다고 치더라도 노인과 아이들은 그럴 수 없다.

어딘가에 정착했을 터.

노리개 하나로 거기까지 생각해 낸 이건하는 슬쩍 주경식을 바라보았다.

'산이구나.'

숲도 아니고 남주도 아니라면 남는 곳은 하나.

바로 성산(聖山)이다.

이건하는 주경식의 앞에 앉으며 말했다.

"사실 너희 은신처의 위치는 어느 정도 파악했다."

"개소리하고 있네."

"성산(聖山)."

무시하게 말을 던진 이건하는 주경식의 반응을 살폈다.

고문에도 이를 악물고 버티던 주경식의 표정이 일순간 당황으로 바뀌었다.

그 순간 이건하는 확신을 담아 말을 이어 갔다.

"무사가 아닌 이들을 정착시키려면 성산(聖山)밖에는 없지. 문제는 정확한 위치를 모른다는 건데 그 부분만 말해 주면 네 사람은 살려 주마."

"……무슨 헛소리야? 산이라니? 산족(山族)의 허가를 받지 않으면 살 수 없는 곳인데 우리가 어떻게?"

"아니면 말고. 그냥 직접 발로 뛰어 찾을 수 있으니까. 시간이 좀 걸리고 우리도 고생은 하겠지."

이건하는 다리를 꼬며 말했다.

"하지만 찾는 순간 몰살이다. 그게 몇백이든, 몇천이든 다 죽여 버릴 것이다. 편하게 죽지도 못하겠지. 무사들의 분노가 하늘을 찌르는 지금 자비는 기대할 수 없을 거야."

가족이 있는 자는 약해지기 마련이다.

"너의 의리는 아무런 의미가 없다. 잘 생각해라. 한 시진을 주지. 그때까지 말하지 않으면 네 목을 베고 산을 수색할 거야."

주경식은 생각에 잠겼다.

이건하의 말대로다.

이대로 침묵하는 건 아무 의미가 없다.

산이라는 것을 이건하가 안 이상 걸리는 건 시간문제였으니까.

그렇다면 방법은 한 가지였다.

"……말할게."

내 가족, 내 형제만이라도 지켜야만 했다.

"말하면 내 사람들은 살려 주는 거지?"

"물론이지."

이건하는 사람 좋게 웃으며 말했다.

"난 청신의 이건하다. 한번 말한 건 무슨 일이 있어도 지키지."

충의 상징, 의리의 상징인 청신이라는 이름이 주는 신뢰였다.

이건하는 바로 지도를 가져와 주경식의 앞에 펼쳤다.

"여기 위치를 지목하면 된다."

주경식은 마지막까지 고민하다 눈을 질끈 감으며 손을 옮겼다.

"……여기다."

됐다.

이건하는 주경식이 찍은 위치에 동그라미를 친 뒤 미소를 지었다.

이제 이서하가 은신처를 찾기 전에 부하들을 데리고 가 도적단을 섬멸하면 된다.

"고맙다."

"……약속은 절대 잊지 마라."

주경식은 고개를 숙였다.

죄책감과 안도감이 동시에 몰려들었다.

그리고 그 순간이었다.

"약속?"

이건하가 주경식의 심장에 검을 꽂아 넣었다.

푹! 하는 소리와 함께 주경식의 동공이 커지고 이건하가 말했다.

"너 같은 놈과 한 약속을 왜 지켜야 하지?"

"이! 개……!"

이건하는 주경식의 목을 날린 뒤 검을 집어넣었다.

"영웅이 되려면 악역이 있어야지."

도적단이 악랄하면 악랄할수록 이건하의 명성은 더욱 올라갈 것이다.

생활고를 피해 도적단이 된 민간인들을 학살한다고 영웅이 될 수는 없는 법이니까.

이건하는 밖에 있는 부장을 불러 말했다.

"도적단의 은신처를 알아냈다. 무사들을 준비시켜라. 내일 아침이 밝자마자 출발한다."

"넵!"

이번에는 자신이 더 빨랐다고 확신하는 이건하였다.

그렇게 다음 날.

이건하는 신태민을 찾아가 말했다.

"도적단의 은신처를 알아냈습니다. 바로 섬멸하러 가겠습니다. 병력도 많이 필요 없으니 정예만 추려서 다녀오겠습니다."

대군으로는 간도를 지나가기 힘드니 말이다.

어차피 정면에서 붙으면 이건하 혼자서도 전부 해치울 수 있었고 말이다.

신태민은 미소를 지으며 고개를 끄덕였다.

"역시, 네가 해낼 줄 알았다. 바로 출진해. 이 지긋지긋한 숲 좀 벗어나 보자. 도적단의 처분은 알아서 하도록."

"네, 저하."

그렇게 이건하가 의기양양하게 밖으로 나가는 순간 백성엽이 미묘한 미소와 함께 천막 안으로 들어왔다.

"저하, 잠시 밖으로 나와 보시죠."

"왜 그러시죠? 장군."

"이서하가 돌아왔습니다."

그리고는 어이가 없다는 듯 소리 내 웃으며 말을 이었다.

"도적단과 함께 말이죠."

순간 이건하의 표정이 굳었다.

저 멀리서 신태민과 이건하가 걸어오는 것이 보였다.

이건하는 출진할 생각이었는지 중무장을 한 상태였다.

그런데 이거 어떡하나?

내가 먼저 선수 쳤는데.

나는 옆으로 비켜서며 도적단을 소개하듯 손을 뻗었다.

"선물을 가져왔습니다. 저하."

"……하!"

신태민은 어이가 없다는 듯이 웃었다.

도적단, 아니 피난민이라고 부르는 편이 더 어울릴 같은 이들은 전부 겁에 질려 벌벌 떨고 있었다. 비를 맞으며 먼 거리를 걸어온 탓에 도망칠 기운도 없었다.

"저에게 투항해 포로로 잡아 끌고 오는 길입니다."

"투항했다고? 너에게?"

역시 신태민은 내 말의 핵심을 잘 알고 있었다.

"네, 저에게요. 전 이들을 수도로 데리고 가 국왕 전하께 처분을 맡길 생각입니다. 이미 이 사실을 전달할 부하를 보내 놓았습니다."

지금 이 시각에도 주지율은 수도를 향해 달리고 있을 것이다.

신태민은 말없이 도적단을 바라보다 입을 열었다.

"은신처는 어떻게 찾았지?"

"제가 은신술에 능해 도적단의 뒤를 밟을 수 있었습니다."

"그래? 그렇게 쉬운 일이었나?"

별로 믿는 눈치는 아니다.

신태민의 정예 또한 도적단의 뒤를 밟는 작전을 펼치다 실패했었으니 말이다.

하지만 어쩌겠는가?

믿을 수밖에.

"네, 쉬운 일이더군요. 그럼 포로들은 제가 관리하도록 하겠습니다."

스승님이 제안한 작전은 이러하다.

독자적인 지휘권을 가진 나에게 도적단 전원이 투항하고 나는 그를 받아들인다.

동시에 주지율을 수도로 먼저 보내 이 사실을 신유민 저하에게 알리고 도적단을 전원 본대로 데리고 간다.

대범한 작전이지만 일리는 있었다.

"그럼 결코 죽일 수 없는 상황이 됩니다. 포로 처우에 대한 전권은 중대장님에게 있으니 말이죠."

"……만약 그냥 처형한다고 하면 어떡하지?"

"그럼 죽어야죠."

스승님의 말에 주창식은 표정을 굳혔다.

"하지만 그럴 확률은 낮습니다. 신태민 저하는 왕이 되고 싶어 하죠. 왕위 서열 2위가 1위를 꺾고 왕이 되려면 먼저 민심을 얻어야 합니다. 이번 전쟁도 그런 의미죠."

"그럼 그냥 투항했어도……."

“그랬다면 다 죽었을 겁니다. 그편이 더 쉽기 때문이죠.”

도적단의 정체가 이 세상에 알려지면 그에 따른 뒷감당이 수반된다.

남주의 영주를 처벌함과 동시에 도시를 개편해야만 한다.

거기다 백성과 싸운 부대가 되어 버리니 고생은 고생대로 하고 인정도 받지 못하게 된다.

조금의 미담은 생기겠지만 이를 위해 희생해야 하는 것이 너무나도 많다.

때문에 차라리 도적단을 조용히 쓸어버리는 게 훨씬 부담이 적었다.

그러나 지금은 상황이 다르다.

신태민은 나를 바라보다 고개를 끄덕이며 말했다.

“그래, 네가 관리해라. 그럼 오늘 내로 철수하자. 남주는 이제 지긋지긋하구나.”

그렇게 고개를 돌리던 신태민은 빙긋 웃으며 나를 바라봤다.

“잘했다, 이서하. 네가 우리를 지옥에서 구했구나.”

진심일까? 아니면 그냥 하는 말일까?

미래를 앎에도 도대체 속을 모를 인물이다.

하지만 그래도 한 명의 속은 정확하게 알 수 있을 것만 같았다.

바로 이건하.

내 사촌 형이다.

나는 이건하와 눈을 마주쳤다.

회귀 전이라면 자신의 공이 되었을 일이다. 도적단은 궤멸당하고 더욱 신태민의 신임을 받을 수 있었을 것이다.

하지만 내가 가져가서 어떡하냐?

평소에는 표정이 거의 없는 사람이지만 이번만큼은 감정이 그대로 얼굴에 묻어 나오고 있었다.

"쯧."

혀를 차면 자기가 어쩔 건데?

난 이건하에게 말했다.

"형님이 데려온 포로는 어딨습니까?"

"포로? 아."

이건하는 이를 악물고 있는 주창식을 힐끗 보고는 말을 끝냈다.

"저기 늪 어딘가에 묻어 뒀으니 파 가라."

"이런 씨……!"

나는 앞으로 달려 나가려는 주창식의 앞을 막았다.

은신처를 알아냈구나.

그러지 않았으면 포로를 죽였을 리가 없으니 말이다.

이건하가 은신처를 알아내는 시기 또한 회귀 전과는 달랐다.

'저 미친놈. 늦었으면 다 죽었겠어.'

원래부터 마음에 드는 사람은 아니었는데 이제 핏줄이라고 생각하기도 싫어졌다.

“진정해. 어쩔 수 없어.”

“……으아아아아!”

난 땅을 치는 주창식을 바라보다 몸을 돌렸다.

“백 장군님 말대로 이서하가 더 빨랐군요.”

“확실히 뭔가 있는 놈입니다.”

신태민과 백성엽은 천막으로 돌아오자마자 이서하에 관한 이야기를 시작했다.

“이거 재주는 곰이 넘고 돈은 딴 놈이 버는 꼴이군요. 설마 내가 곰이 될 줄이야.”

“그래도 이서하의 능력을 볼 수 있지 않았습니까?”

“직접 본 건 처음이죠. 소문보다도 낫네요.”

“단순히 무력만 있는 아이가 아닙니다. 통찰력, 판단력, 거기에 정치력까지 가졌군요.”

정치력이 없었다면 저리 대범할 수 없었을 것이다.

신태민은 백성엽을 향해 말했다.

“내 것이 되지 않으면 반드시 죽여야 할 적이겠네요. 최대한 이쪽으로 회유를 해 보죠.”

백성엽은 신태민의 말에 고개를 끄덕였다.

아직은 신태민도 이서하가 자신의 편이 될 거라는 기대를 하고 있었다.

그러나 만약 회유할 수 없다는 판단이 선다면?

그때는 어떻게든 이서하를 죽이려고 할 것이다.

하지만 그 부분에 있어서만큼은 생각이 다른 백정엽이었다.

'차기 대장군을 죽일 수는 없지.'

대장군은 단순히 무력만으로 오를 수 없는 자리다.

근본 있는 가문 출신이어야 하며, 정치력도 있어야 하고, 동시에 문무에 통달해야 한다.

바로 자신처럼.

그런 의미로 진명도, 서아라도, 이건하도 한 나라 군의 정상에 오를 인물들은 아니었다.

하지만 이서하는 다르다.

"최선을 다해 보겠습니다."

그러니 결코 이서하가 죽게 할 수는 없다.

이번 일로, 적어도 백성엽에게 있어서, 이서하를 죽이는 선택지는 사라졌다.

◆ ◈ ◆

아미숲 전투는 그렇게 끝났다.

나는 어찌어찌 배보다 배꼽이 더 커진 중대를 이끌고 수도에 도착할 수 있었고 신유민은 그런 나를 보며 헛웃음을 지었다.

"진짜로 다 끌고 왔구나."

그러게 말이다.

포로를 호송한다고 결정이 난 직후 신태민의 본대는 뒤도 안 보고 수도로 돌아갔다.

"네 말대로 너희 광명중대는 독자적인 부대이니 알아서 잘 끌고 오도록."

무슨 애들 화풀이하는 것도 아니고.

한번 엿 먹어 봐라. 뭐 이런 것일까?

덕분에 뒤에 남겨진 우리 중대만으로 난민들을 관리하며 행군해야만 했다.

남주를 가로질렀다가는 괜히 문제가 생길 수도 있었기에 길을 빙 돌아서 가야만 했고 이들을 먹이는 것만으로도 큰일이었다.

거기다 행군 속도는 또 어떤가?

노약자들은 20리도 걷지 못하고 쉬기를 반복했고 애들은 힘들다고 사방에서 울어 젖혔다.

총체적 난국.

그렇게 볼 수 있었다.

그러나 내가 누구냐?

나찰을 피해 피난한 인생만 100년이 넘는 피난계의 황제 아니겠는가?

난 단 한 명의 낙오자도 없이 모두 수도로 데리고 올 수 있었다.

하지만 진짜 문제는 지금부터다.

"그래서 어떻게 됐습니까?"

지율이가 먼저 달려가 신유민 저하에게 상황을 전했기에 이미 이들의 처우는 결정되었을 것이다.

'내가 발언권을 가질 수 없었다는 건 아쉽지만.'

아마 신태민도 몇 주 전에 도착해 난민들의 처우에 대해 입을 열었을 것이다.

'원래라면 남주로 보내야겠지.'

보통 이런 경우에는 본디 거주하던 지역으로 보내 버리는 게 원칙이었다.

그러나 난 신유민 저하에게 내 뜻을 확실하게 전했었다.

이 사람들은 은악으로 보낼 거라고 말이다.

"그럼 은악으로 바로 출발하면 됩니까?"

"기다려 봐라. 백성은 곧 지역 영주의 재산이나 다름없다. 네가 부탁한 건 남주의 재산을 훔쳐 은악으로 보내는 걸 도와 달라는 것이었다. 일국의 태자를 이용하여 그런 행위는……."

"말이 길어지시는 걸 보니까 해내셨네요."

"……좀 놀려 보려고 했더니 눈치가 빠르구나. 정확히 말하면 도적단의 간부들은 전부 처형, 가담한 이들은 전부 은악으로 강제 노역을 보내기로 했다."

한마디로 강제 노역을 가장한 이주였다.

은악은 표면적으로 광산 도시였으니 강제 노역도 말은 된다.

'지금은 그냥 도시지만 말이야.'

그나저나…….

"간부들을 정말로 처형하실 겁니까?"

주창식이 있어야 도적단을 도시 수비군으로 만들기 수월한데 말이다.

"아니, 그건 적당히 다른 사형수의 목을 베어 대체할 생각이니 걱정하지 말거라."

그렇게 쉬운 방법이!

……앞으로는 절대 역사 기록과 보고서를 곧이곧대로 믿고 행동하지 말자.

이 일도 도적단 간부들은 처형당했다고 역사에 기록될 거 아닌가?

그나저나 신태민이 그런 속 보이는 결정을 그냥 묵인해 줬다는 게 더 신기하다.

"신태민 저하가 동의한 부분입니까?"

그놈이 '남주의 백성은 남주로 돌려보내야 합니다.'라고 딱 한마디만 했어도 신유민 저하가 어떻게 할 수 없었을 텐데 말이다.

"당연히 동의해야지. 자기 정예가 도적단 같지도 않은 피난민과 싸워 고전했다는 게 알려지기 싫으면 말이야. 하하하."

신유민은 크게 웃었다.

신태민의 꼴이 통쾌한 모양이었지만 내 입장에서는 그리 낙관적으로만 받아들이기 힘들었다.

'아미숲에서 죽었어야 할 신태민의 정예가 생각보다 많이 살아남았어.'

아미숲에는 한 달 이상 비가 쏟아질 예정이었다. 원 역사대로라면 엄청난 수의 무사들이 피부병과 전염병으로 불구가 되거나 목숨을 잃어야만 한다.

하지만 이번에는 이들 대부분이 살아남았으니 신태민의 전력은 전보다 더 강해질 것이다.

'어떤 결과를 불러올지는 나중에야 알겠지.'

찝찝하긴 하지만 어쩔 수 없다.

'그냥 좋게 생각하자.'

단순하게 보자면 이 나라의 무사들과 백성을 동시에 살린 일이니 말이다.

두 마리 토끼를 쫓다가는 둘 다 놓치는 법이다.

"아, 그리고 한 가지 더. 성도의 주인이 바뀌었다. 알고 있느냐?"

"성도의 주인이요?"

이건 또 뭔 소리야?

성도의 주인은 김성필, 내가 죽인 김지환의 아버지다.

회귀 전에는 신태민의 편에 붙어 왕자의 난에서 활약한다.

분명 김지환이 그때 성도군(成都軍)을 이끌었었지.

그런데 죽었다니?

김지환이야 내가 죽였다고 치더라도 김성필은 계속 살아 있을 줄 알았는데 말이다.

"호오, 네가 모르는 것도 있구나."

"누구로 바뀐 겁니까?"

"김희준이다. 김성필은 아들을 잃어버리고 시름시름 앓다가 죽어 버렸다고 하더구나. 지나가던 개도 안 믿을 말이지만 공식적으로는 그렇다."

"……그럼 김희준이 성도 김씨 가문의 가주인 겁니까?"

"그렇다고 봐야지. 성도를 완벽하게 장악하고 통보해 왔더구나. 뭐, 가문 내부의 싸움에는 왕가가 개입하지 않는 것이 원칙이니 그냥 인정해 줬다."

다른 가문이 기존의 가문을 밀어내는 건 몰라도 한 가문의 집안싸움은 개입하지 않는 게 원칙이었다.

'김희준 그 미친놈이 성도의 주인이 되다니.'

상상도 못 한 일이었다.

“그래서 말인데. 이제부터 성도가 어떻게 움직일지 예측할 수 없어서 말이야. 서하, 너는 어떻게 생각하느냐?”

그렇게 기대 가득한 눈으로 바라보지 않았으면 좋겠다.

난 지금까지 그냥 미래의 정보로 다 때려 맞췄을 뿐이란 말이다.

김희준 그 또라이의 생각 같은 걸 어떻게 읽겠는가?

“김희준은 미친놈입니다.”

“그래? 소문이 좋지는 않더구나.”

“네, 심심하다고 부하를 죽일 정도로 충동적인 사람입니다. 그의 행동에는 근거가 없죠. 그러니 예측할 수도 없습니다.”

거기에 나를 죽이고 싶어 하고 말이다.

원래부터 성도는 버릴 생각이었지만 이제 줘도 안 먹는다. 에퉤퉤.

“후암을 붙여 주시해야겠구나.”

“네, 그게 좋을 겁니다.”

“아! 그리고 한 가지가 또 있다.”

또 뭡니까?

무슨 흉흉한 말씀을 하시려는 겁니까?

“광명대의 기묘년은 이걸로 끝이다.”

“네?”

"내년까지 휴가란 말이다. 반년 동안 두 번이나 죽을 고비를 넘겼으니 좀 쉬다 오거라."

나도 모르게 펄쩍 뛸 뻔했다.

"감사합니다! 저하!"

안 그래도 이제 좀 개인적인 시간을 갖고 싶었던 참이었다.

Chapter 55.

Chapter 55.

“진짜 내가 사단의 훈련 교관이 될 줄이야.”

스승님은 감격한 얼굴로 임명장을 바라봤다.

스승님이 배치된 곳은 육도검(六徒劍) 이재민의 사단이었다.

당연히 내가 추천하고 신유민 저하가 진행한 일이었다.

그게 아니라면 일개 중급 무사가 사단의 훈련 교관이 될 수는 없으니 말이다.

금수란 사건 이후로 나와 친분을 유지하고 있던 이재민은 흔쾌히 받아들여 주었다.

“그 일을 겪고도 네 말을 듣지 않으면 사람이 아니지.”

그렇게 말하면서 말이다.

"축하합니다."

"고맙다. 내 오랜 꿈이었거든."

회귀 전, 스승님은 나에게 훈련 교관이 되고 싶었다고 말한 적이 있었다.

'전장에 나가 활약하는 건 성격에 안 맞아서 말이야. 실력도 안 되고.'

씁쓸하게 웃던 모습이 떠오른다.

스승님의 발언은 전부 저 돈밖에 모르는 변승원에게 무시되었다고 한다.

아니, 변승원을 너무 나쁘게 볼 필요는 없다.

그가 아니었더라도 일개 중급 무사의 조언 따윈 아무도 듣지 않았을 테니 말이다.

어쨌든 스승님이 오랜 시간 공을 들여 훈련시킨다면 그 사단은 무적의 사단이 될 것이다.

그리고 그 부대는 훗날 어떤 식으로든 도움이 되겠지.

훈련 교관이라는 특성상 원정을 나갈 일도 없으니 안전하기도 하고 말이다.

"대신 제가 부르면 바로 달려오시는 겁니다. 훈련 교관이 아니라 훈련 원수가 되어도 그러셔야 합니다."

"물론이지! 암, 그렇고말고. 나를 처음으로 믿어 준 사람인데 당연히 보답해야지."

김한결은 가슴을 치며 자신만만하게 말했다.

"목숨 걸고 이 나라에서 가장 강력한 군대를 만들어 선물해 주마. 하하하."

"목숨은 걸지 마세요. 적당히 해도 됩니다."

이제는 누가 나 때문에 목숨 걸 일이 없었으면 한다.

스승님과 헤어진 나는 바로 변승원을 찾았다.

"오! 중대장님!"

"이제 중대장이 아닙니다. 말 편하게 하시죠."

나의 중대장 지위는 신태민이 임시로 부여한 것이었으니 말이다.

애초에 상급 무사가 참군이 된 것도 이례적인 일인데 중대장이라니.

말도 안 되는 일이지.

하지만 변승원의 태도는 변함이 없었다.

"아닙니다! 저에게는 여전히 하늘과도 같은 중대장이십니다! 충성!"

이 자식.

속이 너무 보인다.

아직 나에게 떨어질 콩고물이 있다고 생각하는 것이겠지.

어차피 앞으로 같이 일할 생각이었으니 상급자로 남아 있는 것도 괜찮을 것만 같다.

난 못 이기는 척 말을 놓았다.

"속 보인다. 속 보여. 그럼 바로 본론으로 들어가지. 난 내 이름으로 된 상단을 만들 생각이야."

바로 내년이면 해리슨 상회가 또 올 것이다.

엘리자베스가 올지 안 올지는 모르겠지만 헤리슨 상회와의 첫 거래를 앞두고 제대로 된 상단부터 만들어야만 했다.

"그 상단의 간부 중 하나로 그쪽을 고용할 생각이다."

"사직서는 이미 제출하고 왔습니다."

"벌써?"

"중대장님이 볼일이 있다고 하셨을 때 이미 냈죠. 저희 소대원들도 함께입니다."

변승원의 뒤에 자리 잡은 소대원들이 존경심 가득한 눈으로 나를 바라보고 있었다.

아무튼 셈 하나는 진짜 빠른 사람이다.

내년까지는 시간도 많지 않으니 다른 사람을 구할 수도 없다.

"좋아. 그럼 다들 은악으로 간다. 바로 준비해."

지금부터 모든 돈은 은악(銀岳), 은으로 된 산으로 모을 생각이었다.

은악(銀岳).

상혁이가 바지사장으로 있는 땅이었다.

"은악 진짜 오랜만이다."

전과는 달리 잘 정비된 도로를 달리던 중 아린이가 말했다.

그렇게 도착한 은악은 완전히 달라져 있었다.

"덩굴이 없어졌네?"

일단 성벽이 깔끔해졌다.

"어서 오세요, 도련님. 아니, 이제 무사님이라고 불러야 할까요?"

실질적으로 은악을 관리하는 조수연이 밖으로 나와 나를 마중했다.

"얼굴 많이 좋아졌네요?"

"네, 도련님 덕분에 많이 좋아졌습니다. 안으로 들어오세요."

조수연은 자랑스럽게 변한 은악을 소개했다.

"거리와 성벽을 정비하고 대장간을 늘렸습니다. 예전부터 은을 처리하던 장인들이 많아 질 좋은 상품을 만들 수 있었어요. 이번에 온 난민들을 위한 거주지도 만드는 중입니다. 인구가 늘어났으니 도시 중앙에는 상점가를 만들고……."

은악은 자생 중이었다.

조수연은 비고의 자금을 최소한만 사용한 뒤 오히려 늘려가고 있었다.

과거(科擧) 수석이라더니.

조수연 만만세다.

“그리고 저기가 청신학관 2지부입니다.”

청신학관은 거의 완공되어 가고 있었다.

이로써 은악은 상업적으로도, 학업적으로도 완벽한 도시가…….

“어이, 이서하! 너도 왔으면 도와라.”

저 멀리서 상혁이가 선명한 복근을 자랑하며 목재를 나르는 것이 보였다.

영주가 왜 저러고 있담?

그리고 뭘 나보고 와서 도우라는 건가?

난 귀빈으로 온 거라고.

상혁이는 땀을 닦으며 다가왔다.

“너네 학관이니까 너도 같이 지어야지.”

“그건 또 어디서 나온 발상이냐? 아니다, 말을 말자. 그보다 조수연 영주님.”

“잠깐, 영주는 나 아니야?”

난 상혁이의 헛소리를 무시했다.

영주는 무슨. 딱 봐도 그냥 바보인데.

“은악에 상단도 만들 생각입니다. 창고를 최대한 많이 세워야 하니 쓸모없는 영주 저택 밀어 버리고 창고 좀 만들어 주세요.”

“네, 바로 착수하겠습니다.”

"뭐야? 우리 집 밀어 버리는 거야? 내 허가는? 수연 씨. 내 허가는?"

조수연은 미소와 함께 상혁이에게 고개를 숙이고는 멀어져 갔다.

당연히 상혁이의 허가는 필요 없다.

"그보다 상혁아, 우리는 해야 할 일이 있다."

"상단 짓는 거 도우라고?"

"아니, 내가 내년에 선인 시험을 볼 생각이거든."

"오, 그래? 하긴 너 정도면 공도 많이 세워서 자격이 되겠네. 우리는 이제야 겨우 상급 무사지만."

이번 전투로 광명대는 전원 중급에서 상급 무사가 되었다.

"응, 그래서 말인데. 시험 준비 좀 하려고."

"준비?"

"응, 선인 시험 중에 무슨 일이 벌어질지 모르니까."

하도 이 목을 노리는 사람들이 많으니 뭐라도 준비를 해야 하지 않겠는가?

"그래서 말인데. 우리 전처럼 비고 하나 좀 털자. 비급도 얻고, 좋은 무기도 찾고, 영약도 얻고. 어때?"

"……나 휴가야. 안 가."

"간다고? 역시 상혁이야. 의리가 있어."

"안 간다고! 난 휴가라고! 이 미친 소대장아!"

그 순간 아린이가 상혁이를 노려보았다.

"한상혁. 그냥 가지?"

꿀 먹은 벙어리가 된 상혁은 울상을 짓고는 나에게 말했다.

"이러기야? 휴가인데?"

"에이, 너한테도 좋은 거 줄게. 아니, 비고에 있는 거 알아서 다 가져가도 돼. 내가 원하는 건 하나거든."

"정말?"

무사라는 것들은 영약, 비급, 보구에 환장하기 마련이다.

"좋아. 그래서 이번에는 어떤 미친 짓을 할 건데?"

"에이, 미친 짓이라니? 그런 거 아니야. 내 말 들어서 손해 본 적이……."

"많아. 아주 많아. 이번에도 너 따라갔다가 발 썩어서 올 뻔했잖아."

"그러네. 하지만 나의 철저한 준비로 그런 참사는 피했지. 이번에도 만반의 준비를 할 거니까 괜찮아. 좀 위험한 비고긴 한데 내가 함정 위치도 다 알고 있거든."

"그럼 우리 셋이 가는 건가?"

"아니, 다른 사람도 데리고 가려고."

"누구? 민주? 지율이?"

"아니. 암부랑 은월단이랑 이런 데 저런 데서 많이 올 거야. 적과의 동침? 그런 느낌이지."

순간 상혁이의 얼굴이 굳어졌다.

"아! 생각해 보니 내가 좀 바빠서 말이야. 영주로서 휴가

때라도 영지를 관리하고 내 백성들을 신경 써야지. 안 그래?"

"에이, 영주는 조수연 씨잖아. 농담도 참."

"그렇게 진지하게 말하지 마라. 안 그래도 내가 영주인지 수연 씨가 영주인지 헷갈리니까."

"헷갈릴 거 없어. 수연 씨가 영주거든."

"그래, 그래. 가자, 가. 에휴. 휴가는 무슨……."

"자, 그럼 공개 광고 좀 내 보자."

"뭐? 공개 광고? 왜? 비고 파러 간다고 동네방네 소문이라도 내게?"

"응. 그럴 거야. 다들 혹할걸?"

무려 내 이름을 대문짝만하게 걸고 할 생각이니 말이다.

회귀 전, 나는 왕국에서 무조건 털어 먹어야 할 비고로 총 3개를 정해 놓았다.

막대한 황금과 천광이 잠들어 있는 은악비고(銀岳秘庫).

그 어떤 곳에서도 다시는 구할 수 없는 공청석유가 한 병이나 있는 추풍비고(秋風秘庫).

그리고 마지막으로 지금 가려는 수청비고(水淸秘庫)다.

수청이란 이름 그대로 맑은 호수가 있는 지역.

그 거대한 호수 가운데에는 작은 섬이 있는데 바로 그곳에 비고가 잠들어 있었다.

회귀 전, 수청비고는 신태민에 의해 발견된다.

참 운도 좋지.

하지만 그것은 비극의 시작이었다.

수청비고는 어마어마한 요술 비고였고, 내부엔 온갖 요술 함정들이 도사리고 있었으니 말이다.

신태민은 수년에 걸쳐 이 비고를 겨우 뚫어 내었고 수청비고는 요술식 비고의 대명사가 되어 자세하게 기록되었다.

그리고 회귀 전, 닥치는 대로 책을 읽은 나는 이 수청비고에 관한 기록을 읽어 볼 수 있었다.

즉, 모든 함정에 대한 정보를 가지고 있다는 뜻이다.

'원래라면 몇 년 뒤에 발견되니 급한 일은 아니지만…….'

많은 역사적 사건이 앞으로 당겨진 지금 이 수청비고도 언제, 또 누구에게 발견될지 모르는 상황이었다.

아끼다가 똥 된다는 말이 있으니 털어 먹을 수 있을 때 빨리 털어 먹자.

그렇게 생각하며 도착한 사무실.

"오랜만이다. 임관 첫해부터 화려하게 날뛰어 주었더구나."

오랜만에 보는 강무성이었다.

"앉아라. 요즘은 어떻게 지내고 있냐?"

"휴가를 받아서 은악에 있었습니다. 그나저나 선인님의 연애 사업은 어떻게 되어 가고 있습니까?"

"행복하고 힘든 나날을 보내고 있지."

강무성은 차를 내주며 말했다.

"인사는 대략 이쯤하고. 그래서 부탁이 뭐냐?"

"비고를 하나 발굴할 생각입니다."

"비고?"

"네, 정보를 얻었거든요. 수청(水清)에 비고가 있다고 합니다."

사실 비고의 정확한 위치까지 알고 있었으나 일단은 연기를 해 볼 생각이다.

갑자기 '비고를 찾았습니다!'라고 하면 아무리 그래도 좀 이상하지 않겠는가? 슬슬 사람들 사이에서 내가 역귀(疫鬼)니, 선지자이니 하면서 이상한 소문이 돌기 시작했으니 말이다.

"일단 사람들을 모아 비고를 찾아볼 생각입니다. 비밀리에 발굴단원을 모집해 주시겠습니까? 그냥 도굴꾼 같은 친구들로 모아 주시면 됩니다."

"비밀리에?"

"네, 비밀리에 말입니다. 웬만한 사람들은 눈치도 못 챌 정도로."

강무성은 고개를 끄덕이며 답했다.

"그냥 대놓고 광고하면 되는 거 아니야?"

"그러면 어중이떠중이들이 다 몰립니다. 그런 걸 바라는 건 아니거든요."

"흐음, 그래? 그럼 나도 같이 가도 되냐?"

"선인님이요?"

"응. 네 정보는 대부분 들어맞지 않냐? 비고에는 영약도 있을 테고, 보구도 있을 테니 나도 가고 싶은데."

"안 됩니다."

"……안 된다고?"

강무성은 거절당할 거라고는 생각하지 못했는지 당황한 얼굴이 되었다.

하지만 절대로 안 된다.

이번 비고는 조금 특별해서 말이다.

강무성은 나를 빤히 바라보다 고개를 끄덕였다.

"많이 위험하구나."

"정확하게 말하면……."

나는 강무성에게 수청비고에 관한 정보를 말해 주었다.

이번에 가는 비고가 매우 위험한 요술식 비고라는 것.

그리고 아무리 실력이 좋아도 자칫 잘못하면 목숨을 잃을 수 있다는 것까지 말이다.

가만히 듣고 있던 강무성은 고개를 끄덕이고는 말했다.

"그래, 이해했다. 둘이 들어가면 하나만 살아 나올 수 있는 비고라는 거지?"

"그렇습니다."

그렇기에 비밀리에 진행해야만 한다.

암부와 은월단만이 눈치를 챌 수 있도록.

은월단과 암부는 독자적인 정보망을 가지고 있기에 아무리 비밀리에 사람을 모은다고 하더라도 어떻게든 알아채 사람을 심으려고 할 것이다.

"그래, 일단 그렇게 일을 진행해 보마."

강무성은 고개를 끄덕였다.

미끼는 던져졌다.

이제 놈들이 물기만 하면 된다.

◆ ◈ ◆

성도.

암부의 예담은 급변하는 성도의 정세에 맞춰 가며 바쁜 나날을 보내고 있었다.

"그래도 김성필 때가 나았는데."

당장 성도 김씨 가문에 내는 상납금이 3할에서 5할로 올라갔다.

군비가 모자르다나 뭐라나.

고작 섬에 틀어박혀 있는 주제에 군비가 왜 더 필요한지도 모르겠지만 말이다.

이에 정중하게 항의하자 김희준은 이렇게 대답했다.

꼬우면 나가.

어쩌겠는가?

나갈 수는 없으니 일단 상납금을 낼 수밖에.

예담은 혀를 차며 말했다.

"반란이라도 하려는 거야? 뭐야?"

그때 보고가 들어왔다.

"단주님! 이서하가 비밀리에 비고 발굴단을 모집한다고 합니다."

"비고(秘庫)? 어디란 말이냐?"

"수청이라고 합니다."

"수청에 비고가 있어?"

예담은 인상을 찌푸렸다.

이서하.

우연인지 필연인지 이서하는 지금까지 굵직굵직한 사건에 전부 연루되어 왔다.

만약 그것이 정보력이든, 통찰력이든, 미래시 같은 초능력이든 이서하에게 뭔가가 있다는 것은 인정할 수밖에 없었다.

그런 그가 비고 발굴을 준비하고 있다.

'그렇다면 분명 비고가 존재하겠지. 이서하니까.'

예담은 그렇게 생각한 뒤 부하에게 말했다.

"흘려들을 수 없는 정보구나."

"네! 그렇습니다. 누군가를 파견 보낼까요?"

"그게 좋겠다."

"그럼 지영학 선인님에게……."

"아니."

예담은 정보원의 말을 잘랐다.

지영학은 천우진과 동급의 선인으로 암부에 있어서는 가장 소중한 전력 중 하나였다.

그런 전력을 무슨 위험이 도사리고 있을지 모를 비고에 보낼 수는 없었다.

그러니 이번에는 다른 방법으로 들어갈 생각이었다.

"김원호를 붙인다."

"김원호는 평단원입니다. 절대로 이서하의 상대가 될 수……."

"그래, 힘으로는 못 이기겠지."

예담은 미소와 함께 머리를 가리켰다.

"하지만 머리로는 이길 수 있지 않겠느냐?"

편복(蝙蝠) 김원호.

사람을 가지고 노는 임무에 특화된 단원이었다.

"알아서 조를 꾸려 가라고 해라. 돈은 걱정하지 말고."

"네, 단주님."

예담은 곰방대를 한 번 쭉 빤 뒤 내뱉으며 한숨을 내쉬었다.

"한번 보자. 이번에는 어떻게 될지."

같은 시각, 은월단.

전가은의 보고를 들은 이주원 역시 생각에 잠겨 있었다.

"비고 발굴단을 모으고 있단 말이지?"

"네, 그렇습니다. 어떻게 하시겠습니까?"

"힘으로는 어떻게 할 수가 없겠지."

이서하는 백야차도 쉽게 처리하지 못할 정도로 성장했다.

거기다가 나찰을 잠입시킬 수는 없는 일.

이주원의 고민이 깊어지자 전가은이 말했다.

"제가 갈까요? 후암의 정보 수집 목적이라고 한다면 이서하도 이해할 것입니다."

"아니, 너까지 갈 필요는 없다."

이주원은 욕심 부릴 생각이 없었다.

"우리는 정보원 하나만 보낸다."

만약 혼자서도 도굴할 수 있는 비고였다면 이서하가 사람들을 모집할 일도 없었을 것이다.

이는 위험한 비고라는 뜻이고 괜히 은월단의 사람을 많이 보내 헛되이 죽게 할 필요는 없다.

"모란을 보낸다. 그리고 도굴꾼들을 몇몇 포섭해 보내 보자고."

"네, 바로 움직이겠습니다."

그렇게 이서하의 생각대로 암부와 은월단이 움직이기 시작했다.

◆ ◈ ◆

은악(銀岳).

강무성이 모집한 발굴단이 모두 모였다.

발굴단은 편복(蝙蝠) 김원호와 그의 부하들, 은월단에서 파견된 모란, 그리고 은월단이 흘린 정보를 듣고 모인 도굴꾼들로 이루어져 있었다.

이윽고 이서하가 등장해 말했다.

"환영한다. 난 이번 비고 발굴단의 단장인 이서하라고 한다. 나야 워낙 유명하니까 자기소개는 딱히 필요 없겠지. 바로 본론으로 들어간다. 이번 비고 발굴에 성공하면 5할은 내가 갖고 나머지 5할은 공정하게 나눠 줄 것이다."

그러자 도굴꾼들이 침묵했다.

아무리 이번 발굴을 주도한 사람이라지만 혼자 5할을 갖는 건 너무 많지 않나 하는 생각이었다.

하지만 이서하의 다음 말에 모두가 환호했다.

"물론, 내가 죽으면 너희가 알아서 나누도록. 죽은 사람을 위해 남겨 줄 필요는 없다. 모두 동의하나?"

"우와와와와와!"

"그럼 동의한 걸로 알겠다."

보통 도굴하던 중 누군가가 죽으면 그 사람 분도 나눠야만 한다.

일종의 불문율이랄까.

하지만 이번 발굴에서는 그럴 필요가 없다.

비고를 발굴하는 과정에서 많은 인원이 목숨을 잃는다는 것을 생각하면 살아남은 자들의 배당금이 어마어마하게 늘어나는 셈이었다.

특히 이서하가 죽으면 그의 몫으로 할당된 5할이 전부 사라지는 셈이다.

이서하의 말에 김원호는 피식 웃었다.

"지가 죽을 줄도 모르고 신났네."

아마 자기 혼자 다 먹으려는 생각이겠지.

이서하는 최소 절정 이상의 고수로 평가를 받는다.

게다가 이서하 옆의 둘.

유아린과 한상혁도 말이 상급 무사지 선인급의 실력을 가지고 있었다.

그에 비해 여기 있는 건 전부 선인조차 되지 못한 떨거지들뿐.

이서하와 그의 친구들이 마음만 먹으면 모두를 죽이고도 남을 것이다.

'끝에 가서 다 죽일 생각이겠지.'

김원호는 그렇게 확신했다.

하지만 비고는 강하다고 살아남을 수 있는 그런 정직한 장소가 아니다.

'절정 고수라도 뒤에서 칼 맞으면 끝이야.'

이서하가 칼춤을 추기 전에 먼저 그를 죽이면 될 일이었다.

비고에는 함정도 많을 테니 기회를 잡는 것도 쉬울 것이다.

일단 이서하와 그의 동료를 죽인 후 저 어중이떠중이 도굴꾼들을 전부 처리하면 비고는 온전히 김원호의 차지가 된다.

예담은 김원호에게 비고를 차지할 수만 있다면 수수료 3할만 내고 전부 가져도 된다고 말해 주었다.

그 정도면 인생 역전이나 다름없다.

추풍비고에 있던 보물만 하더라도 도시 하나는 족히 사고 남을 정도가 아니던가?

'인생 최대의 기회가 온 거야.'

김원호가 그렇게 눈을 밝힐 때 저 멀리 모란이 그를 지켜보고 있었다.

'암부네.'

그녀는 김원호를 보자마자 확신했다.

도굴꾼의 사회는 좁디좁다.

두 다리만 건너면 모두 아는 사이였으나 김원호에 대한 정보는 얻을 수 없었다.

전문 도굴꾼도 아니면서 비고에 대한 정보를 알고 발굴단에 합류했다?

그건 암부라는 소리다.

'일단 저놈은 신경 끌까?'

암부가 뭘 하든 모란은 이서하에 대해 기록만 하면 된다.

그렇게 이서하에게로 시선을 돌린 모란은 음흉한 미소와

함께 말했다.

'근데 딱 내 취향이야.'

이서하를 실제로는 처음 본 모란이었다.

'한번 꼬셔 볼까?'

홍등가 출신의 그녀에게 남자를 꾀는 건 매우 쉬운 일이었다.

어차피 이서하의 일거수일투족을 전부 기록해야 하는 그녀 입장에서는 그와 친해질 필요가 있었다.

'옆에 있는 저게 거슬리지만…….'

유아린의 외모가 빛이 나고 있었지만 상관없다.

원래 남자를 꾀는 건 외모보다 기술이다.

'어차피 남자는 다 똑같지.'

모란은 그렇게 생각하며 미소를 지었다.

◆ ◈ ◆

생각하는 게 다 보인다. 다 보여.

쓸데없는 연설을 마친 나는 흐뭇한 미소와 함께 도굴꾼들을 내려 보았다.

저기 도굴꾼들은 한몫 잡을 생각에 신이 난 거 같고, 저기 딱 봐도 우리 암부요! 하는 무리는 내 뒤통수를 칠 궁리를 하고 있었다.

'그래, 수청비고는 이렇게 콩가루 발굴단이 가야 제맛이지.'

내 편이라고는 옆에 있는 아린이와 상혁이뿐이라고 생각하면 편하다.

굳이 다른 놈들 생존까지 신경 써 줄 필요도 없고 말이다.

"자! 그럼 출발하자!"

나의 말에 모두 짐 가방을 들었다.

그렇게 발굴단은 동상이몽을 품고 수청(水淸)으로 떠났다.

수청(水淸).

맑은 호수가 아름다운 이 지역은 평화롭기 그지없다. 하늘의 상태에 따라 투명하게도, 푸르게도, 붉은빛으로도 변하는 호수는 가히 절경이라고 부를 수 있을 정도였다.

그리고 그곳에서 김원호는 삽질을 시작했다.

"대장, 이서하가 비고 위치를 알고 있는 거 아니었습니까?"

"나도 그렇게 들었다. 그런데…… 쯧."

김원호는 허리를 펴며 저 멀리서 막대기 두 개를 들고 진지하게 돌아다니는 이서하를 바라봤다.

도대체 저게 뭐 하는 짓인지 모르겠다.

땅 밑에 빈 곳이 있으면 막대기가 저절로 움직인다나 뭐라나.

"저거 똑똑하다고 하지 않았어? 그냥 바보 아니야?"

"암부의 평가로는 위험 등급 제2등급입니다."

1등급이 왕가의 인물들이나 철혈 이강진 같은 최고수들이라는 것을 생각하면 엄청난 등급이었다.

"겉모습만으로는 모른다는 건가?"

하는 짓도 그렇고 표정도 그렇고 그냥 바보 같은데 천우진을 이겼다니.

무사들의 세계는 알다가도 모를 일이었다.

그렇게 하루가 지나고 다음 날.

호수 한가운데의 섬을 조사하던 이서하가 외쳤다.

"여기다!"

그의 막대기가 빙빙 돌아가고 있었다.

'정말이었어?'

서하가 살짝 진동을 주어 인위적으로 막대기를 돌리고 있는 것이었으나 이를 눈치챈 사람은 아무도 없었다.

서하는 당당하게 말했다.

"여기를 파면 비고가 나올 것이다."

"……."

김원호는 밑져야 본전이라고 생각하며 동료들을 데리고 땅을 파기 시작했다.

그렇게 한참.

지하로 향하는 거대한 강철 문이 나오고 모두가 감탄했다.

“오, 저거 진짜로 효과가 있나 봅니다.”

“보구 같은 것이 아닐까요?”

“역시 이서하는 뭔가 있는 거 같습니다.”

도대체 뭐 하는 인간인지 모르겠다.

“그나저나 누가 진입하지?”

도굴꾼들 사이에서 한마디씩 걱정의 말이 나오기 시작했다.

발견되지 않은 비고에 들어가는 것은 범의 아가리에 손을 집어넣는 것과 같다.

이것이 진짜 비고로 통하는 입구인지, 입구라면 어떤 함정이 있을지 모르기 때문이다.

김원호 또한 그 사실을 잘 알고 있었다.

‘적당히 버릴 만한 인물을 넣겠지.’

보통 발굴단의 막내나 가장 영향력이 적은 사람으로 시험삼아 넣기 마련이다.

하지만 김원호는 바로 말했다.

“이건 5할이나 가져가는 단장님이 들어가야 하는 거 아닙니까?”

단호한 어조로 말한 그는 도굴꾼들과 부하들을 돌아봤다.

눈치 빠른 부하들이 바로 옹호했고 도굴꾼들 또한 순식간에 분위기를 몰아갔다.

"옳습니다! 이건 그나마 실력 좋은 단장님이 들어가는 게 맞다고 생각합니다."

"이서하! 이서하!"

일방적인 응원 속에 이서하는 무표정하게 고개를 돌렸다.

'이렇게 되면 들어가야지. 어쩌겠어?'

이서하가 진입하든 진입하지 않든 김원호는 손해를 볼 것이 없었다.

그가 진입하다 죽으면 임무 완료인 셈이고, 들어가지 않더라도 단장으로서의 그의 발언권은 매우 작아질 것이기 때문이다.

이서하는 자신의 이름을 외치는 도굴꾼들을 돌아보다 손을 들었다.

모두가 침묵했고 김원호는 흥미진진하게 이서하의 반응을 살폈다.

과연 무슨 말을 할까?

마지못해 들어갈까? 그게 아니라면 겁을 먹고 뒤로 뺄까?

이윽고 이서하가 입을 열었다.

"당연히 내가 먼저 들어가야 하지 않은가! 이 발굴단의 단장으로서 내가 앞장서겠다! 모두 나를 따르라!"

김원호는 피식 웃었다.

'신났네. 신났어.'

차라리 앞장설 것이라면 저렇게 생색내며 들어가는 것이

옳긴 하다.

하지만 이서하의 표정과 말투를 보면 계산하고 저런 행동을 하는 것은 아닌 듯싶었다.

'그냥 정의롭고 실력 좋은 바보네.'

그저 혈기 넘치는 기린아(麒麟兒).

한마디로 호구였다.

'이용하기 쉽지.'

김원호는 미소를 지었다.

비위를 맞춰 주며 가다 적당한 시기에 죽여 버리면 될 것이다.

'봉 잡았네.'

이거, 생각보다 쉬운 임무가 될 것만 같다.

정치를 하는 놈이네.

이름은 김원호.

딱 봐도 암부에서 보낸 놈인 거 같은데 하는 짓이 영 마음에 안 든다.

"상혁아, 아린아. 입구 여는 것 좀 도와줘."

"괜찮겠어? 뭣하면 내가 들어갈까?"

"아니야, 내가 들어갈게."

아린이와 상혁이가 서로 들어가겠다고 나섰다.

고맙긴 하지만 그럴 필요는 없다.

“어차피 초입에는 함정이 없어. 일단 바보 연기 좀 해야지.”

난 능력 있지만 순진한 지휘관을 연기하고 있었다.

그것이 상대를 방심시키기 쉽기 때문이다.

딱 봐도 김원호는 나를 우습게 보고 있었고 다른 도굴꾼들도 내 뒤통수를 치기 위해 호시탐탐 기회를 노리는 것이 보였다.

무려 5할이나 가져간다고 했으니 어찌 보면 당연하다.

‘내 편, 네 편을 가르기도 쉽겠지.’

이윽고 문이 열리고 퀴퀴한 향이 올라왔다.

비고 초입의 썩은 내는 언제 맡아도 적응이 되지 않는다.

나는 환기가 좀 되고 난 후 도굴꾼들을 돌아보며 말했다.

“그럼 진입하겠다.”

도굴꾼들은 기대 반, 걱정 반으로 나를 바라봤다.

나는 조심스럽게 비고 안으로 뛰어든 뒤 주변을 살폈다.

기록대로 함정은 없다.

역시 신태민, 이런 군사적인 부분에서는 나름 꼼꼼한 사람이었다.

아미숲 고전 이후 사전 정찰의 중요성을 강조하며 이를 의무화하는 군법을 만들 정도였으니 말이다.

“진입해도 좋다!”

나의 명령이 떨어지자마자 도굴꾼들이 우르르 몰려들었다.

미리 준비해 온 횃불을 밝히자 거대한 통로가 나왔다.

나는 역시나 앞장서서 걷기 시작했다.

어차피 요술식 비고에는 기계식 함정이 거의 없다.

기록에도 기계식 함정은 없다고 적혀 있었으니 주변을 경계할 필요도 없다.

어떤 의미에서는 매우 편리한 비고라고 할 수 있었다.

그때 뒤에서 한 여자가 다가와 말했다.

“저기, 저기, 단장님. 궁금한 게 있는데. 정말로 천우진을 베신 건가요?”

외투를 뒤집어쓰고 있던 바로 그 여자였다.

앳된 얼굴에 위로 찢어진 눈. 웃는 것이 남자를 제대로 홀릴 것만 같은 그런 외모의 여성이었다.

하지만 난 여자에게 홀리지 않는다.

여자에게 목매기에는 너무 나이를 먹어 버렸고 또 매일 아린이 얼굴을 보다 보니 어떤 여자를 봐도 얼굴이 평면으로 보여 아무런 생각이 들지 않는다.

마치 걸어 다니는 호빵 같은 느낌이랄까?

난 눈 정화를 위해 아린이에게로 시선을 돌렸다.

아린이는 매서운 눈으로 여자를 바라보고 있었다. 평소라면 개무시를 했겠지만 이번에는 어리숙한 연기를 할 생각이다.

"물론이죠. 힘든 싸움이었지만……."

"우와! 진짜요? 나이가 몇 살이신데?"

"올해 18살입니다."

"미쳤어. 미쳤어."

그렇게 말하며 어깨를 치는 호빵.

아, 귀찮다.

대충 내 나이 또래 남자의 경우, 호빵 정도의 외모에 이런 칭찬을 들으면 뒷머리를 긁적이며 '하하하, 그렇게 대단하지는 않아요.'라는 찌질한 말을 할 것이다.

물론 내가 그랬다는 건 아니다.

애초에 이 나이 때는 여자를 만나 본 적이 없…….

어쨌든.

지금은 상상만으로만 생각했던 그 반응을 보여 줘야겠다.

"하하하, 그렇게 대단하지는 않아요."

됐다.

완벽한 찌질함이었어.

그렇게 호빵과 적당히 수다를 떨며 걸어갈 때였다.

이윽고 넓은 공간이 나타났고 아린이가 손가락을 들어 어딘가를 가리켰다.

"서하야, 저기."

넓은 원형 공간의 끝에는 두 개의 문이 있었다.

가(可)와 부(否)라는 글자가 적힌 문.

이윽고 발굴단 전원이 공터로 들어서자 거대한 소리와 함께 출구가 막혔다.

쿠웅!

두꺼운 석문으로 출구가 막히자 발굴단은 모두 당황한 듯 나를 바라봤다.

'드디어 시작이구나.'

첫 번째 요술식 함정.

아주 직관적인 모습을 한 함정이었다.

"뭐야? 가, 부? 통로가 두 개야?"

"어디로 가야 하는 거야?"

도굴꾼들이 하나둘 당황해 입을 열 때 문 위로 글자가 나타나기 시작했다.

-별의 개수는 나유타 이상이다.

모두가 눈을 깜빡이며 질문을 바라봤다.

맞으면 가(可), 아니면 부(否)다.

하지만 이 문제의 답을 아는 사람이 있을까?

애초에 나유타가 수라는 것을 아는 사람도 적을 텐데 말이다.

"저, 저, 정답 알지?"

상혁이가 당황한 듯 나에게 물었다.

자식, 겁은 많아서.

나는 상혁이를 안심시켜 주기 위해 말했다.

"당연히 모르지."

"이 미친놈아!"

아니, 사람 말은 끝까지 들어야지.

"자자자, 그러니까 일단 들어가지 말고 상황을 보자고. 너희는 내가 들어가는 곳으로 따라 들어오면 돼. 알았어?"

"알았어. 네가 들어가는 곳으로."

아린이가 핵심을 잡아 주었다.

"응, 절대로 나보다 먼저 들어가지 말고."

상혁이와 아린이가 고개를 끄덕일 때였다.

쿵! 하는 소리와 함께 벽이 열리더니 부적이 붙은 무사들이 걸어 나와 길을 막았다.

주술로 되살아난 시체.

바로 강시다.

"가, 강시다!"

"히익!"

도굴꾼들이 놀라 자빠졌고 김원호는 인상을 쓰며 주변을 돌아보았다.

이윽고 강시들이 달려들어 단숨에 도굴꾼들을 베었고 모두가 비명을 지르며 흩어지기 시작했다.

나는 그런 사람들을 향해 외쳤다.

“길은 내가 뚫는다! 어서 탈출해.”

“하지만 정답을 모릅니다!”

“아마도 가(可)일 것이다! 정확하지는 않지만…….”

솔직히 나도 모른다.

나유타는 도대체 뭐 하는 숫자야?

하지만 나의 한마디에 도굴꾼들이 말했다.

“에라이! 강시들한테 죽나, 틀려서 죽나 그게 그거야! 찍어!”

“난 가(可)로 간다!”

나와 아린이, 그리고 상혁이가 길을 열자 도굴꾼들이 가(可) 문을 향해 달리기 시작했다.

그렇게 첫 번째 사람이 가(可) 문을 통과했고 문 위에 일(一)이라는 숫자가 나타났다.

그 사람을 따라 강시를 피해 도망친 사람들이 전부 문 안으로 들어갔고 숫자는 순식간에 20을 돌파했다.

하지만 신중한 이들이 있었다.

“단장님도 확실하지는 않다고 했어. 부(否)일 수도 있다고!”

“그래도 다들 가(可)로 들어가잖아? 난 가(可)로 갈 거야!”

“생각해 보라고! 그렇게 순순히 정답을 알려 주겠어? 많이 죽으면 죽을수록 자기 몫이 늘어나는데?”

가(可)에 27명.

부(否)에 3명.

나는 강시들에게 대항하며 고심 중인 이들의 수를 헤아려봤다.

남은 인원은 상혁이와 아린이를 포함해 총 13명.

슬슬 움직일 때가 되었다.

"우리도 가자."

"가(可)로?"

"아니!"

상혁이가 가(可) 쪽으로 향할 때 내가 외쳤다.

"우리는 부(否)로 간다."

"부(否)? 아깐 정답이 가(可)라며?"

"이거 정답은 상관없는 함정이야."

누가 정답을 맞히라고 했는가?

단순히 가(可)와 부(否)라고 적힌 두 개의 문과 의미를 알 수 없는 문제가 나왔을 뿐 아닌가?

그 누구도 이번 함정이 문제의 정답을 맞히는 것이라고 말하지 않았다.

"이거 소수결이거든."

이번 함정은 소수결.

즉, 더 적은 인원이 들어간 쪽만이 생존하는 함정이다.

이것이 바로 수청비고에 동료를 많이 데리고 오면 안 되는 이유.

누군가가 죽을 수밖에 없는 구조로 되어 있기 때문이다.

"간다!"

나는 뒤도 돌아보지 않고 부(否)라고 적힌 문으로 들어갔다.

문을 통과하자 시야가 뒤틀렸고 이윽고 새로운 공간이 나타났다.

안에는 미리 들어가 있던 세 사람이 대기 중이었다.

"단장님?"

벌떡 일어나는 세 사람.

아무래도 내가 들어온 것이 의아한 모양이다.

하긴, 이미 답은 가(可)라고 외쳐 놓고 부(否)로 들어온 것이 이상하긴 하겠지.

이윽고 뒤를 이어 김원호의 패거리와 호빵이 들어왔다.

하지만 상관없다.

이미 이쪽이 소수니까.

그렇게 마지막 인원이 들어오자 벽에 붉은 글씨가 나타났다.

-당신들은 생존했습니다.

그리고 그 순간 옆에서 비명이 들렸다.

"으아아아아악!"

쿵!

아무래도 천장이 떨어져 모두가 죽은 것만 같다.

모두가 심각한 얼굴로 굳은 채 소리가 들려온 쪽을 바라볼

뿐이었다.

그러나 수청비고는 이제 시작이었다.

Chapter 56.

Chapter 56.

강시들의 습격을 받는 순간.

김원호는 다른 도굴꾼들처럼 가(可) 문을 향해 돌진하려 했다.

하지만 한 생각이 그의 발목을 잡았다.

'저렇게 이타적이라고?'

암부의 정보에 따르면 이서하에게는 동료가 많다.

내로라하는 선인들도 많고 그를 따르는 일반 무사들까지 생각하면 도굴꾼 같은 떨거지들을 데리고 올 이유가 없었다.

그리고 오늘 처음 본 하류 인생들을 위해 위대한 청신의 이서하가 희생한다?

이해가 안 되는 행동 아닌가?

'아직은 버틸 만하다.'

김원호는 강시와 싸우며 이서하의 표정을 살폈다.

그는 힐끗힐끗 문 위의 숫자를 바라보며 여유롭게 강시를 상대할 뿐이었다.

'이서하의 뒤를 따라 들어가는 게 가장 안전하다.'

김원호는 결론을 내렸다.

정답이 가(可)인지' 부(否)인지는 모르겠지만 이서하를 따라 들어가는 것이 생존할 수 있는 길이다.

이윽고 이서하가 자기 친구들과 함께 부(否) 쪽으로 달리기 시작했고 김원호는 그의 뒤를 바짝 따라붙었다.

"후우, 후우……."

김원호는 거친 숨을 내쉬며 주변을 바라봤다.

그의 부하들을 비롯해 함께 눈치를 보던 도굴꾼들이 들어오고 결과가 나타났다.

-당신들은 생존했습니다.

그리고 그 순간 옆에서 비명이 들렸다.

"으아아아아악!"

쿵!

천장이 떨어지는 소리와 함께 소름 돋는 침묵만이 감돌았다.

이서하는 가만히 옆방을 바라보다 말했다.

"그럼 계속 이동한다."

온몸에 닭살이 돋는다.

'저 녀석…….'

처음에는 그저 순수하고 정의로운 바보인 줄 알았다. 물론 세간의 평가는 그렇지 않지만 적어도 김원호가 지금까지 봐 온 이서하는 그러했다.

'전부 계산이었던 거야. 신뢰를 쌓아 놓고 이럴 때 써먹을 생각이었던 거겠지.'

사람들에게 자신을 좋은 사람으로 인식시킨 뒤 일부러 틀린 답을 알려 줘 숫자를 줄인 것이다.

'무서울 정도로 냉혹하다.'

어째서 이서하가 지금 왕국에서 가장 주목받는 기린아인지를 알 것만 같았다.

'하지만 이 상황을 이용할 수 있겠어.'

이서하는 자신의 본 모습을 너무 빨리 보여 주었다.

앞으로는 결코 신뢰받지 못할 것.

이번 일로 사람들을 선동한다면 부하들은 물론 남아 있는 도굴꾼까지 자기편으로 만들 수 있을 것이다.

김원호가 그렇게 흉계를 꾸미고 있을 때 모란은 대놓고 무언가를 적고 있었다.

-첫 번째 함정. 일부러 오답을 말해 숫자를 줄임. 냉혈한. 잔혹함.

이서하의 성격에 대한 분석이었다.

끝까지 이서하를 보고 기록해야 하는 그녀는 선불리 가(可) 문으로 들어가지 않고 그의 옆에 딱 달라붙어 끝까지 이서하의 일거수일투족을 관찰했다.

비록 전투하는 세 사람 사이에 끼어들 수 없어 대화는 엿듣지 못했지만 말이다.

“잔혹한 사람.”

모란은 그렇게 중얼거리며 말했다.

“완전 내 취향이야.”

자기 사람들에게만 따뜻하고 남에게는 한없이 잔혹한 사람.

그것이 진짜 매력적인 나쁜 남자가 아닐까?

모란이 그렇게 생각할 때 이서하가 발을 멈추었다.

“두 번째 함정이다.”

김원호를 비롯한 모든 도굴꾼들의 표정이 굳었다.

이윽고 첫 번째 함정 때처럼 굉음과 함께 출구가 닫히고 모두의 시선이 벽면으로 향했다.

-미궁 안에서 생존하십시오.

2번째 함정이 시작되었다.

◆ ◈ ◆

시선이 따갑다.

살아남은 도굴꾼들과 암부의 살수들은 명백하게 나를 적으로 인식하고 있었다.

어차피 소수결이었기에 누군가는 죽어야 하는 상황이었지만 굳이 그걸 설명할 필요는 없을 것만 같다.

두 번째 함정 또한 첫 번째 함정과 같이 누군가가 죽어야만 통과할 수 있는 그런 함정이니까.

수청비고의 함정들이 가진 근본적인 특성을 알려 줄 필요는 없겠지.

그렇게 진입한 두 번째 함정.

첫 번째 함정처럼 거대한 원형 공터였다.

이윽고 벽에 글씨가 나타났다.

-미궁 안에서 생존하십시오.

그와 동시에 뒤에 있던 김원호가 외쳤다.

"어이! 단장! 어떡할 거야? 생존하라는데 다 같이 몰려다닐까?"

갑자기 말이 짧아진 김원호였다.

그의 뒤로 도굴꾼들과 그의 부하들이 옹기종기 모여 있었다.

'다들 김원호 쪽으로 붙었네.'

예상한 바다.

이번 일로 나에 대한 불신이 만들어졌을 테니까.

나는 벽을 가리키며 말했다.

"쓰여 있는 대로 해야지."

그 순간 벽에 새로운 글자가 나타났다.

-시간제한: 10(+).

-모든 공격을 피해 살아남아 생존, 탈출하십시오.

-미궁에 비약이 생성됩니다.

-비약은 생존자 수의 7할만큼 생성됩니다.

-비약을 먹으면 선제공격을 받지 않습니다.

이번에는 친절하게 함정에 대한 설명이 나타났다.

"비약?"

김원호를 비롯한 도굴꾼들이 의문을 표할 때 상혁이가 나를 툭툭 치며 말했다.

"서하야. 이건 또 무슨 함정이냐?"

"단순해. 생존하면 되는 거야."

"내 말은 뭔가 다른 함정이 있느냐는 거지. 왜, 이전 함정은 문제를 푸는 게 아니라 소수결이었잖아."

"맞아, 이번에도 그런 거지."

도대체 무슨 일이 벌어질지 상상도 할 수 없다는 게 요술 함정의 무서운 점이다.

난 상혁이와 아린이를 부른 뒤 그들에게 한마디로 정리해 주었다.

"수청비고는 보이는 대로 믿어선 안 돼. 물론 거짓을 써 놓지도 않지만 말이야."

아까도 소수결이라는 가장 중요한 정보를 숨기지 않았던가.

"그러면?"

"그러니까 저기 문구를 보면 말이야……."

조금 더 자세한 설명을 하려고 할 때 김원호가 크게 말했다.

"비약이다!"

그와 동시에 하늘에서 쇠로 만들어진 수통이 떨어졌고 설명할 것도 없이 모두가 비약이라고 확신했다.

떨어진 비약의 개수는 고작 세 개.

그것도 김원호의 발밑이었다.

"잡아!"

김원호가 하나를 들고 그의 부하들이 하나씩을 더 들었다.

어차피 나와는 거리가 꽤 되었기 때문에 김원호보다 먼저 잡을 수는 없다.

나는 김원호에게 살짝 다가가며 말했다.

"잘했어! 비약을 확보했군."

"워워, 거기 서 있으라고."

김원호는 손을 앞으로 내밀며 말했다. 누가 뺏어 간다고 저러는 건지 모르겠지만 일단 시키는 대로 해야 한다.

난 양손을 위로 들며 말했다.

"뺏을 생각은 없어. 누가 먹든 상관없으니까."

"상관없다고?"

"누가 먹든 먹은 사람이 나머지 비약과 출구를 찾아야 하니까. 그래야 다 같이 살 수 있지 않겠어?"

나의 말에 김원호는 부하들을 돌아보다 고개를 끄덕였다.

"맞아, 그렇지. 비약을 먹는 건 우리가 되어야겠어. 설명에도 7할만 나온다고 되어 있으니 말이야."

"이유는?"

"그쪽이 강하니까."

김원호는 부하들을 바라보며 말했다.

"아마 이번 함정에도 강시 같은 것들이 공격해 오겠지. 그걸 그쪽 세 사람이 막아 줬으면 해. 너희는 비약이 없어도 강시를 상대하며 빠져나갈 수 있겠지만 우리들은 아니거든."

"옳소!"

"이번에는 다 같이 살아야 하지 않겠습니까?"

김원호의 부하들과 도굴꾼들이 한마디씩을 더했다.

나는 바로 고개를 끄덕여 주었다.

"좋은 생각이네. 일리가 있어."

그러자 상혁이가 내 옆구리를 찔렀다.

"전혀 좋은 생각이 아닌 거 같은데? 누가 봐도 뒤통수칠 거 같잖아."

"알아. 나중에 설명해 줄게."

수청비고는 악랄하다.

좋은 게 좋은 게 아니고, 나쁜 게 나쁜 게 아니란 말이지.

나와 상혁이가 속닥이는 것을 바라보던 김원호는 미소와 함께 답했다.

"역시 우리 단장이야. 희생정신이 남달라."

김원호는 비꼬듯 말하고는 비약을 들이켰고 그의 부하들 또한 함께했다.

"이러면 되는 건가?"

때마침 사방에서 강시들이 몰려들었고 화들짝 놀란 김원호는 몸을 낮추었다.

그러나 강시들은 김원호를 무시하고 다른 도굴꾼들을 향해 달려들 뿐이었다.

설명 그대로.

비약을 먹으면 먼저 공격하지 않는 한 공격받지 않는다.

난 모든 이들에게 외쳤다.

"강시들을 처리하며 최대한 안전한 지역으로 간다!"

나는 뒤에서 밀려드는 강시들을 막으며 맨 마지막에 미궁 안쪽으로 진입했다.

마지막으로 나는 시간제한을 확인했다.

-시간제한: 10(十).

그것은 아직도 10(十)에서 움직이지 않고 있었다.

"수색의 목표는 추가 비약 확보와 출구를 찾는 것이다. 부탁하지."

미궁 안으로 들어온 발굴단은 3면이 벽으로 막혀 오직 한 곳만 방어하면 되는 곳에 진을 쳤다.

비약을 마시지 못한 사람은 진에 남아 강시의 공격을 막아내고, 마신 사람들은 새로운 비약이나 출구를 찾는 것이 더 안전하기 때문이다.

서하의 제안을 승낙한 김원호는 자신만만하게 말했다.

"좋아, 그럼 우리가 비약을 찾아올 때까지 딱 버티고 있으라고."

김원호는 비약을 마신 부하들과 함께 길을 나서며 말했다.

"운이 좋았군."

"그러게 말입니다. 어떻게 비약이 우리 앞에 딱 떨어져서."

"그러니까 말이야."

김원호는 벽에 생긴 글을 읽자마자 이번 함정의 성격을 정확하게 파악했다.

"이번 함정은 7할만 살아남고 3할은 죽는 그런 함정이다."

비약을 먹은 자들만이 출구로 도망칠 수 있을 것이다.

"그리고 우린 이미 7할에 들어갔지."

김원호는 엄청난 숫자의 강시들을 돌아봤다.

"봐라. 이걸 뚫을 수 있을 거 같으냐?"

"절대로 뚫을 수 없죠."

지금까지 지나쳐 온 숫자만 하더라도 수백은 되어 보였다.

아무리 이서하가 강하다고 하더라도 이렇게 많은 강시를 상대하다가는 체력적으로든, 정신적으로든 버틸 수 없을 것이다.

물론 비약을 먹은 이들이 도와준다면 가능할지 모르지만 김원호는 그럴 생각이 없었다.

김원호는 만족스럽게 미소를 지었다.

"이번 시험은 첫 세 개의 비약을 먹은 사람들이 주도하는 그런 시험이다."

비약을 먹은 자가 최대 권력자다.

그리고 지금은 김원호가 이 발굴단의 모든 것을 결정하는 그런 역할에 있었다.

"그런데 그냥 이대로 탈출구를 찾아 우리 셋이 들어가도 되지 않겠습니까? 대장."

"아니다. 앞으로 어떤 함정이 있을지 모르니 최대한 많이 데리고 가야지."

셋이 나아가다 이번처럼 3할이 죽어야 한다면 셋 중 하나는 죽어야만 한다.

그런 불상사를 피하기 위해서라도 최대한 많은 인원을 살려 데려가는 것이 좋다.

"하지만 이서하는 아니야."

이서하와 그의 친구들의 역할은 여기까지다.

"운이 좋았어."

비약이 김원호 앞에 떨어진 것은 운이 좋은 일이었다.

자연스럽게 비약을 먹일 수 있었으니 말이다.

그러자 옆에 있던 상혁이와 아린이가 이해할 수 없다는 듯이 물었다.

"그게 운이 좋은 거야?"

"맞아, 나도 그건 좀 궁금해."

“아까 내가 말했잖아. 수청비고는 보이는 대로 믿으면 안 된다고.”

“그랬지. 그래도 누가 봐도 비약을 먹어야 출구를 찾기 수월한 건 맞잖아.”

상혁이의 말대로다.

직관적으로 본다면 비약을 먹는 것이 무조건 이득이다.

공격받지 않아야 자유롭게 돌아다닐 수 있고, 그래야만 출구를 찾을 수 있지 않겠는가?

그러나 이 상식적인 고정관념 때문에 신태민의 발굴단이 이 비고에서 몇 년간 수십 번이나 궤멸에 가까운 피해를 입은 것이다.

“설명하자면 긴데, 간단하게 해 줄게. 내가 1차 함정이 소수결이라고 했었지?”

“응.”

“왜 정답을 맞히는 것도 아니고, 다수결도 아니고, 하필이면 소수결이었을까?”

“그거야 다수결이면 다 같이 한곳으로 들어가며 살아남아 더 이상 함정이 아니게 되어 버리니까 아니야?”

“맞아. 말대로 다수결이라면 다 같이 한곳으로 들어가서 다 살아남겠지.”

“음, 그런데 진짜 그냥 정답 맞히기가 아닌 거지? 그냥 정답 맞히기여도 함정으로써의 역할은 할 수 있었을 텐데.”

"만약 그냥 정답 맞히기였다면 정답을 아는 사람이 있을 때 모두가 살아남잖아. 그런데 소수결은 어때?"

그러자 아린이가 뭔가를 깨달았다는 듯이 말했다.

"그럼 무조건 절반 이상을 죽일 수 있구나."

"맞아. 그게 수청비고의 근본이야. 함정마다 확실하게 생존자보다 사망자를 더 많이 만드는 거."

상혁이가 고개를 끄덕였다.

"그런데 그거랑 비약이랑 뭔 상관인데?"

"비약이 몇 개 생성된다고 적혀 있었지?"

"생존자의 7할. 잠깐만, 그러면……."

그제야 이해한 상혁이와 아린이가 굳은 얼굴로 나를 바라봤다.

"맞아."

수청비고를 만든 나찰의 요술이 정확히 뭔지는 알 수 없으나 하나는 확실하다.

"이 비고가 7할이나 살려 줄 리가 없지."

이 비고는 나찰 중에서도 가장 악랄한 놈이 만들었다는 거다.

◆◈◆

모란의 비고 일지.

2차 함정에 빠진 지 한참이 지났다.

하늘이 보이지 않는 닫힌 공간이기에 도대체 며칠이 흘렀는지 정확하게 알 수 없다.

발굴단은 각자 가져온 식량으로 버티는 중.

이서하와 친구들은 강시를 막고 다른 도굴꾼들이 비약과 출구를 찾고 있다.

1차 함정에서 보여 준 잔혹한 모습은 보이지 않는다.

이타적일까?

아니면 현실에 타협한 것일까?

그것도 아니라면 무언가 계산이 있는 것일까?

'그나저나…….'

모란은 고개를 돌려 남은 인원을 살폈다.

생존자 수는 총 16명.

비약은 생존자 수의 7할만큼 생성된다고 했으니 11개에서 12개가 생성될 것이다.

'이미 8명이나 마셨다.'

절반 이상의 사람들이 밖으로 나가 수색을 벌이고 있었다.

'앞으로 3개, 아니면 4개.'

지금부터 확보하는 비약을 마시지 않으면 출구로 나갈 수가 없다.

'분명 지금부터는 무력을 행사하겠지.'

김원호를 이용해 비약을 확보하고 마지막의 순간 자기들

도 비약을 먹은 파에 속할 생각일 것이다.

'김원호는 저항할 것이고.'

막말로 이대로 돌아오지 않을 수도 있다.

8명이면 딱 절반.

반만 살려서 비고 안쪽으로 이동하는 것도 나쁘지 않은 선택일 테니 말이다.

'쯧, 빨리 버리고 김원호한테 갈아탔어야 했나?'

김원호의 패거리에 들어가지 않은 모란은 후순위로 밀려났다.

말이 밀려난 거지 이대로라면 이서하와 같은 운명을 맞이할 것이다.

보고서 작성하겠다고 이서하 옆에만 붙어 있던 것이 실책이었다.

'이제 와서 김원호 패거리에 들어갈 수는 없다. 어떻게든 이서하와 함께 살아남아야 해.'

하지만 이서하는 상황의 심각성을 아는지 모르는지 태평하게 앉아 낮잠을 자고 있을 뿐이었다.

'아무 생각이 없어 보이는데.'

모란은 한숨과 함께 일어나 이서하에게로 향했다.

"단장님. 단장님. 앞으로 어떻게 하실 생각이세요? 제가 계산해 보니 비약의 개수가 그렇게 많이 남지 않은 거 같은데. 적으면 3개, 많으면 4개……."

그러자 옆에 앉아 있던 유아린이 말했다.

"단장님 자는 거 안 보여?"

"알지만 지금 잘 때가 아니잖아? 단장님, 단장님. 김원호가 배신하면 어떡해요? 걱정돼 죽겠어요. 비약이 3개뿐이면 누군가는 못 마시잖아요."

최대한 콧소리를 내며 말하자 이서하가 눈을 가리고 있던 헝겊을 들어 올리며 말했다.

"아, 모란 씨. 걱정하실 거 없습니다. 비약은 4개 남아 있을 테니까."

"4개요? 3개가 아니라?"

"네. 확실합니다."

어떻게 확신하는지는 모르겠으나 생각보다 일이 쉬워졌다.

만약 3개만 남았다면 아무리 그래도 만난 지 며칠 안 된 모란이 이서하의 친구들을 밀어낼 수는 없었을 테니까.

모란은 서하의 바로 옆에 딱 붙어 앉은 뒤 말했다.

"그럼 딱 되겠네요. 저랑 친구분들이랑 같이 나머지 비약을 마시면……."

그러자 이서하가 몸을 일으키며 말했다.

"비약은 마시지 않을 겁니다."

"네?"

서하는 미소를 짓고는 말했다.

"함정이거든요."

"함정?"

모란이 멍하니 말할 때였다.

"다 찾았다!"

저 멀리서 김원호와 그의 부하들이 몰려오는 것이 보였다.

서하는 모란을 향해 미소를 보여 주고는 말했다.

"가만히 있으면 지켜 드리겠습니다."

도대체 뭐가 뭔지 알 수 없는 모란이었다.

"다 찾았다!"

김원호는 비약 병을 흔들며 걸어와 말했다.

"몇 병이나 찾았지?"

"총 4병이다."

역시 내 예상대로 12병이었다.

"그럼……."

"에헤이, 실력도 있으신 분이 왜 이러나?"

나 아무 말도 안 했는데.

심지어 손을 내민 것도 아닌데 김원호는 뒤로 물러나며 고개를 흔들었다.

"이건 출구까지 가는 데 꼭 필요한 친구들을 위해 양보하시지? 단장으로서 모범을 보여야지. 안 그래? 아니면 뭐? 저

번 함정처럼 희생양을 고르고 있나?"

나는 말없이 물러났다.

김원호는 벌써 승자의 여유를 보이고 있었다.

'그래, 즐길 수 있을 때 즐겨라.'

김원호의 생각은 뻔하다.

비약을 부하들에게 넘겨줄 수 있으면 넘겨주고, 만약 내가 힘으로 빼앗으려고 한다면 미궁 안으로 도망칠 것이다.

그러면 강시들이 알아서 길을 막아 줄 테니 말이다.

나는 마지못해 물러나는 척 말했다.

"그럴 리가 있나? 약속대로 비약은 양보하지."

내가 뒤로 물러나자 남은 김원호의 부하들이 쭈뼛거리며 달려가 비약을 받아 들고는 바로 들이켰다.

그 순간 벽에 글자가 새겨졌다.

-비약을 모두 사용하셨습니다.

-강시들이 당신들을 죽이기 시작할 겁니다.

-시간제한: 9(九)

"뭐야? 이게?"

김원호는 멍한 얼굴로 벽에 새겨진 문장을 바라보다 뒤이어 들려온 굉음에 고개를 돌렸다.

쿠구구구구!

"가, 강시다!"

"망할!"

수백의 강시가 뛰어오는 소리에 김원호와 부하들은 화들짝 놀라며 자빠졌다.

그러나 강시들은 김원호를 무시하고 바로 나와 친구들에게로 달려들었다.

"상혁아, 아린아. 저 여자 잘 지키면서 싸워. 알았지?"

"명령대로."

2차 함정은 두 가지 단계로 나뉜다.

비약을 찾아다니는 단계와 비약을 전부 찾아 복용한 후의 단계.

비약을 찾아다닐 때는 강시들도 느릿느릿 움직이며 근처에 오는 적만을 공격한다.

하지만 비약을 전부 사용한 후에는 모든 강시가 비약을 마시지 않은 생존자를 향해 달려들게끔 설계되어 있었다.

그래도 3면이 벽이기에 숫자가 아무리 많더라도 싸울 만하다.

"모란 씨는 뒤에!"

안 그래도 뒤에 빠져 있다.

"후우!"

상혁이가 현철쌍검을 꺼내 들고 강시들을 반 토막 내었고 아린이는 귀혼갑에 의지해 육탄전을 벌였다.

평화롭던 공간은 순식간에 아수라장으로 변했고 엉덩방아를 찧은 채 상황을 살피던 김원호가 실성한 것처럼 웃기 시작했다.

"하, 하하하하하하! 이런 식이었구나!"

김원호의 부하들은 도와줄 생각 따위는 없는 듯 환호성을 질렀다.

그래, 차라리 저게 낫다.

저들 중 하나라도 괜히 도와주겠다고 나서면 죄책감에 잠도 못 잘 테니까.

김원호는 의기양양하게 손을 흔들었다.

"하하하! 이 멍청한 놈. 고맙다! 이 비고는 우리가 먹으마."

그렇게 김원호가 몸을 돌리는 순간이었다.

"우웨에에에엑!"

비약을 먹은 이들이 얼굴이 파랗게 질려 피를 토하기 시작했다.

"대, 대장님! 몸이…… 몸이……!"

당황한 김원호는 부하들을 바라보다 나에게로 시선을 돌렸다.

"왜? 뭐 궁금한 거라도 있어?"

나는 달려드는 강시를 베어 넘긴 뒤 김원호를 향해 웃어 주었다.

아까까지만 해도 의기양양하던 김원호의 표정이 극적으로

썩어 들어가고 있었다.

"설마 이 비약이라는 게……!"

이제야 눈치를 챈 모양이다.

"우웨에에엑!"

하지만 이미 늦었다.

나는 친절하게 설명을 덧붙여 주었다.

"비약이라는 게 사실 독이거든."

"너…… 알고 있었구나."

"당연히 알고 있었지. 원망하지 말라고. 스스로 먹은 거잖아?"

"이 개새……! 우웨에에엑!"

그것이 김원호의 유언이었다.

김원호가 온몸의 구멍에서 피를 뿜으며 쓰러지자 모란이 뒷걸음질 치며 말했다.

"뭐야? 저 사람들이 왜……?"

그리고는 언성을 높이며 물었다.

"비약을 먹었는데 왜 죽는 거야? 도대체 무슨 일이 벌어지고 있는 거냐고? 탈출은? 우리 탈출은 어떻게 하고?"

"설명은 나중에……!"

"빨리 말해!"

모란은 버럭 소리를 질렀다.

뭐야? 요조숙녀 연기하고 있는 거 아니었어?

아무래도 심히 당황한 것만 같다.

어차피 나중에 설명할 생각이었으니 지금 해 줘도 괜찮을 것이다. 생각보다 상혁이와 아린이가 강시들을 잘 상대해 줘 여유도 있으니까.

"저들이 먹은 건 탈출을 도와주는 비약이 아니라 독약입니다."

비약에 관한 설명은 이러했다.

-미궁에 비약이 생성됩니다.

-비약은 생존자 수의 7할만큼 생성됩니다.

-비약을 먹으면 선제공격을 받지 않습니다.

이 문구들과 상황을 본다면 비약은 탈출에 필수적이라는 생각이 들 수밖에 없다.

하지만 그 어디에도 비약이 탈출에 도움이 된다는 말은 없다.

수청비고는 결코 거짓말을 하지 않는다.

그저 지극히 제한된 정보만을 주어 알아서 오해하게 만드는 것이다.

그것이 이 비고를 만든 나찰의 한계인지, 아니면 일부러 그렇게 만든 것인지는 모르겠으나 악랄하다고밖에는 말할 수 없는 부분이다.

"한마디로 생존자의 7할을 죽이기 위한 함정인 거죠."

거기다 비약을 전부 마시지 않으면 시간제한이 시작되지도 않는다.

한마디로 무조건 7할은 죽어야 하는 그런 함정이다.

'1차 함정에서 우릴 포함해 최소 10명은 살렸어야 하는 셈이지.'

김원호가 똑똑하게 따라와 준 덕분에 그 걱정은 할 필요가 없었지만 말이다.

"그럼 출구는? 저들이 찾았다는 출구로 나가야 하는 거 아니야?"

"그것도 가짜입니다."

함정 통과 방법에 대한 문구는 이러하다.

-시간제한: 10(+).

-모든 공격을 피해 살아남아 생존, 탈출하십시오.

"모든 공격을 피해 살아남아 생존, 탈출하라. 이렇게만 적혀 있지 않았습니까?"

"그러니까! 출구로 탈출을 해야 할 거 아니야!"

"그렇게 오해하도록 적혀 있지만 정확한 뜻은 이겁니다. 생존해서, 탈출하라."

생존이 곧 탈출이라는 뜻이다.

사람들의 고정관념을 이용한 간단한 말장난이다.

“종합하자면 시간제한이 끝날 때까지 생존하면 되는 단순한 함정이죠.”

설명하는 사이 시간제한은 벌써 3(三)까지 내려갔다.

이윽고 시간제한이 전부 끝나고 새로운 문구가 벽에 나타났다.

-당신들은 생존했습니다.

그리고 그와 동시에 땅이 꺼졌다.

모란은 비명과 함께 낙하하며 재빨리 자세를 잡았다. 아무리 실력이 없다고 하나 은월단의 정보원으로서 최소한의 무공은 익힌 그녀였다.

그렇게 착지한 모란은 재빨리 주변을 돌아봤다.

함께 떨어진 강시들은 주술이 풀린 듯 움직이지 않았다.

“괜찮습니까?”

서하가 부축을 해 주자 모란은 재빨리 고개를 끄덕였다.

“응, 고마워.”

“한 성격 하시네요.”

성격을 숨기고 다가갈 생각이었지만 이미 다 들켜 버렸다.

모란은 혀를 차며 말했다.

"그나마 첫 함정이 나았지. 7할이 무조건 죽어야 하는 함정이라고? 그런 게 어딨어?"

"첫 함정도 5할 이상은 무조건 죽는 함정인데요?"

"뭐? 그냥 문제 푸는 거 아니었어?"

"아닙니다. 소수결이에요."

그런 거였어?

그냥 다수를 죽이는 함정이었다는 말에 충격을 먹은 모란은 눈을 깜빡이다 한숨을 내쉬었다.

"넌 도대체 이런 걸 어디서 알아낸 거야?"

"비밀입니다."

"후우."

모란은 한숨과 함께 생각했다.

'당연히 쉽게 말해 줄 리가 없지.'

그렇다면 다른 궁금증을 풀어야 했다.

"이런 무지막지한 비고는 도대체 왜 들어온 거야? 한번 인생 역전을 하려다가 죽게 생겼잖아."

"꼭 얻어야 하는 물건이 있습니다."

"뭔데?"

"검입니다."

이서하가 말했다.

"세계 최고의 명검이라고 불리는 검이 이 비고에 잠들어 있거든요."

"세계 최고?"

"보시면 압니다."

그렇게 조금 걸어가자 신전과도 같은 공간이 나타났다.

달과 별을 상징하는 장식품들이 자체 발광했고 모든 빛이 중앙의 단상에 꽂힌 검을 비추고 있었다.

"저게……."

모란은 그것을 발견하자마자 알 수 있었다.

저것이 이서하가 말한 세계 최고의 명검이라는 것을.

모란은 침을 삼키며 옆을 바라봤다.

이서하가 황홀한 얼굴로 검을 바라보고 있었다.

그것은 그의 친구들도 마찬가지.

그만큼 저 검은 사람을 홀리는 힘이 있었다.

'가지고 싶다.'

그렇게 생각할 때 서하가 말했다.

"섣불리 움직이지 마. 저걸 뽑은 사람만 지상으로 돌아갈 수 있으니까. 다 같이 뽑아야 해."

그의 말에 모란은 머리를 굴렸다.

'저 말이 사실이라면…….'

저 검을 자신이 뽑으면 홀로 지상으로 돌아갈 수 있는 거 아닌가?

보복은 생각할 필요도 없다.

저 셋은 이 비고 안에서 죽어 갈 테니까.

"가시죠. 같이 뽑아야 합니다."

다행히도 이서하는 자신을 어느 정도 신뢰하고 있었다.

모란은 고개를 끄덕였다.

"알았어. 다 같이 말이지."

그렇게 네 사람이 단상으로 올라가고 서하는 친구들을 보며 고개를 끄덕였다.

"그럼 다 같이 손잡이를 잡고……."

그 순간 모란이 망설임 없이 검의 손잡이를 잡아 힘껏 뽑았다.

스르릉! 하는 소리와 함께 검이 뽑히고 모란은 뒤로 물러나 서하를 바라봤다.

얼빵한 얼굴.

모란은 깔깔거리며 웃다가 말했다.

"이 검은 내 거다! 너희는 여기서 썩으라고!"

명검을 얻는 것과 동시에 이서하까지 제거할 수 있다.

은월단으로 돌아가면 원하는 모든 것을 얻을 수 있으리라.

그렇게 생각할 때였다.

"어떻게 사람들이 다……."

이서하는 미소와 함께 말을 끝냈다.

"예상대로 움직이냐?"

"……뭐?"

그 순간 검에서 뿜어져 나온 은빛 기운이 모란을 집어삼켰다.

수청비고의 함정은 총 3개다.

첫 함정에서 최소 5할 이상을 제거하고 두 번째 함정에서 남은 7할을 제거한다.

예를 들어 50명이 비고에 들어온다면 최상의 경우 첫 번째 함정에서 26명이 죽고, 2번째 함정에서 19명이 죽는다.

그렇게 남은 7명이 이곳에 돌입하게 되고 모두 저 검에 홀리게 된다.

나는 상혁이와 아린이를 잡아끌며 작게 말했다.

"내가 말했지? 절대로 저걸 뽑아선 안 돼."

"물론이지."

부동심법을 익힌 아린이는 걱정이 없지만 상혁이는 흔들리는 것만 같았다.

눈앞에 보이는 검은 사람을 홀리는 요술이 걸려 있었다.

함정이라는 사실을 알고 있는 나조차 순간 넋을 놓고 입을 벌릴 정도로 홀렸으니 말이다.

그러니 상혁이는 오죽하겠는가?

"어? 어! 당연하지."

상혁이는 심호흡을 한 뒤 고개를 끄덕였다.

친구들에게 마지막 당부를 한 나는 들으라는 듯이 입을 열었다.

“선불리 움직이지 마. 저걸 뽑은 사람만 지상으로 돌아갈 수 있으니까. 다 같이 뽑아야 해.”

모란은 나를 힐끗 보고는 고개를 끄덕였다.

이미 검에 홀린 상태였다.

만약 그녀가 선인이라면, 그래서 홀로 탈출하기보다 다 같이 탈출하는 길을 선택한다면 이 함정은 까다롭게 변한다.

누군가는 검에 홀려 죽어야지만 통과할 수 있기 때문이다.

“가시죠. 같이 뽑아야 합니다.”

“알았어. 다 같이 말이지.”

“그럼 다 같이 손잡이를 잡고…….”

단상 위로 올라간 나는 서두르지 않았다.

모란이 만약 배신할 생각이라면 충분히 먼저 뽑을 수 있도록.

그리고 배신하지 않는다면,

그때는 모두가 살아날 길을 다시 찾아볼 생각이었다.

다행히 모란은 내 기대를 저버리지 않았다.

스르릉!

나와 친구들이 손잡이를 잡기도 전에 그녀는 재빨리 검을 빼 들었다.

“이 검은 내 거다! 너희는 여기서 썩으라고!”

깔깔거리며 웃는 모란.

다행이다.

강무성이 정말 쓰레기들만 모아 줘서.

나는 깔깔거리며 웃는 모란을 향해 말했다.

"어떻게 사람들이 다 예상대로 움직이냐?"

나의 말에 모란이 고개를 갸웃하는 그 순간 검에서 뿜어져 나온 음기가 그녀를 삼켰다.

"꺄아아아악! 뭐야! 뭐야!"

"모두 긴장해."

검을 조심하라 일렀던 이유가 바로 이 때문이었다.

저 검을 뽑으면 음기 폭주로 광인(狂人)이 되어 이성을 잃고 날뛰게 된다.

그리고 난 음기 폭주 상태가 보여 주는 강력한 힘을 누구보다 잘 알고 있었다.

고작 15살에 불과한 아린이가 백두검귀를 가지고 놀 정도였으니 결코 방심할 수 없다.

이윽고 은빛 기운이 모란의 눈, 코, 입, 귀로 흡수되었다. 머리가 은빛으로 변하고 피부는 창백하다.

그렇게 휘청거리던 모란은 일말의 망설임도 없이 달려들었다.

"끼야야야야야약!"

완전히 이성을 잃어 귀신과도 같은 모습이다.

폭주하는 모란을 가장 먼저 막아선 건 아린이였다.

같은 은빛 머리카락.

마구잡이로 검을 휘두르는 모란과 달리 아린이는 차분하게 화강신법을 구사 중이었다.

그러나 좀 아쉽다.

'확실히 화강신법은 아린이에게 맞지 않아.'

스승님이 짚어 주기 전에는 생각하지 못한 부분이다.

화강신법은 그리 나쁘지 않은 무공이었으며 거기에 가전무공이었기에 손을 대지 않았으나 슬슬 새로운 무공을 알아봐야 할 거 같다.

'아린이도 한 단계 높은 경지에 올라가야지.'

내가 아린이를 관찰하는 사이 상혁이가 움직였다.

"나도 간다!"

하지만 나는 움직이지 않았다.

'둘이서 충분하다.'

모란은 기껏해 봤자 중급 무사 정도의 무공 실력을 지니고 있었고 검을 뽑은 시점에도 좀 강한 선인급이었다.

둘이서 충분히 상대할 수 있으니 냉정하게 두 사람의 실력을 확인해 보자.

'상혁이는 확실히 나쁘지 않아.'

하지만 단순한 외공 수련법과 천뢰쌍검으로는 그의 천부적인 전투 감각을 완벽하게 사용할 수 없는 것만 같았다.

'한마디로 둘 다 그릇이 너무 크다는 거지.'

나야 낙월검법 하나 익히는 것도 힘들어 죽겠지만 두 사람은 다르다.

'그런 의미로 수청비고에 오긴 했지만 말이야.'

그렇게 생각하는 사이 상혁이가 외쳤다.

"유아린! 지금이야!"

아린이는 대답도 하지 않고 모란의 심장에 손을 꽂았다가 뺐다.

모란이 앞으로 고꾸라지고 그녀의 손에서 떨어진 검이 바닥을 뒹굴었다.

"히익!"

상혁이는 식겁하며 자신의 다리 쪽으로 날아오는 검을 피했다.

"나 안 닿았다. 진짜야!"

아린이는 슬쩍 미소를 지으며 말했다.

"아쉽다. 닿았으면 다리를 잘라 버릴 생각이었는데."

"농담이지, 아린아? 너 그런 표정으로 농담하면 진담으로밖에 들리지 않아."

나는 두 사람의 만담을 바라보다 검을 주워 들며 말했다.

"걱정하지 마. 이거 일회용이니까."

검에 담겨 있던 음기는 모두 사라진 뒤였다.

상혁이는 안도의 한숨을 내쉬었고 아린이는 바로 내 옆으로 와 말했다.

"그런데 서하야, 이게 다야?"

"에이, 그럴 리가. 여기는 그냥 함정일 뿐이야."

회귀 전, 신태민의 발굴단은 폭주한 동료를 죽이고 단 2명이 살아남았다고 한다.

그러나 이 불친절한 비고는 다음 단계로 넘어가는 방법을 알려 주지 않았고 두 사람은 벽을 더듬어 가며 방법을 찾았다.

그리고 찾아낸 것이 바로…….

"여기야."

나는 벽을 강하게 두드렸다.

쿵쿵! 하고 울리는 소리가 들려왔다.

아린이는 내 말이 끝나기가 무섭게 소매를 걷으며 말했다.

"좋아. 그럼 그 벽을 부술게."

"아니……."

내가 말리기도 전에 아린이가 주먹을 내질렀고 쿵! 하는 소리와 함께 벽이 흔들렸다.

"쯧."

아린이는 혀를 차고는 뒤로 물러났다.

이게 그렇게 안 단단해 보여도 요술로 강화된 벽이다.

웬만한 힘으로는 절대로 부술 수 없다는 소리지.

아린이는 얼얼한 손을 흔들며 침울하게 고개를 숙였고 그 광경을 본 상혁이가 웃기 시작했다.

"크크크."

그러다 맞으면 안 아픈가? 아니나 다를까 아린이가 한 번 째려보자 바로 정색하며 어깨를 으쓱하는 상혁이었다.

"이건 열쇠로 열어야 해. 여기 열쇠 구멍이 있거든."

"그럼 열쇠는? 그것도 찾아야 해?"

"아니, 이미 찾았어."

신태민의 발굴단도 열쇠를 찾느라 꽤 시간이 걸렸다고 적혀 있었다.

하지만 사실은 너무나도 쉬운 추론이다.

이 공허한 공간에 열쇠랑 비슷하게 생긴 물건은 단 하나뿐이었으니 말이다.

"바로 이거야."

바로 모란을 폭주시킨 이 검이 바로 열쇠다.

나는 검을 단상에 내려쳐 산산조각 낸 뒤 안에 들어 있던 열쇠를 꺼냈다.

"도대체 넌 그런 걸 어떻게 알고 있는 거냐?"

"항상 책을 옆에 두면 알 수 있어."

"그럼 이미 누군가가 여길 공략했다는 거잖아? 그럼 안에 아무것도 없는 거 아니야?"

웬일로 날카로운 지적을 하는 상혁이였다.

난 그런 상혁이에게 말했다.

"미래에서 보고 왔거든."

"에이, 믿을 소리를 해야지."

사실을 말해 줘도 저런다.

나는 상혁이를 뒤로하고 열쇠를 끼워 돌렸다.

거대한 굉음과 함께 육중한 문이 열리고 마침내 수청비고의 내부가 모습을 드러냈다.

"이게 바로 수청비고다."

"오오오!"

상혁이는 기쁜 얼굴로 안으로 들어가다가 발걸음을 멈췄다.

"뭐야, 이게?"

온갖 금은보화와 화려한 보구들을 상상했는가?

그렇다면 수청비고를 보는 순간 매우 실망할 수도 있다.

"이게 비고야?"

"응, 비고 맞아."

수청비고 안은 텅 비어 있었다.

낡은 상자가 5개 정도만 있을 뿐.

그러나 수청비고를 만든 나찰이 이 악랄한 함정을 만들어 가면서 지키려고 했던 이유가 있다.

"하나의 상자에는 비급이 들어 있고 나머지 네 개의 상자에는 영약이 들어 있어. 확인해 봐."

나찰과 인간이 전쟁하던 시절.

이 수청비고를 만든 나찰이 인간들의 비급을 모았을 것으로 추정된다.

정확한 이유는 알 수 없다.

스스로 배우려 했을 수도 있고 아니면 희귀한 비급을 전부 숨겨 놓는 것으로 새로운 전승자가 나타나는 걸 막으려고 했을 수도 있다.

나는 상자를 열어 보다 비급을 발견하고 침을 삼켰다.

'이게 바로 신태민이 발견했다던…….'

고대의 비급이다.

신태민이 이 비급들을 찾아냈던 당시, 나는 무과를 준비하는 실력 없는 무사였다.

그때의 나는 수련하는 것보다 주점에서 수다 떠는 걸 더 좋아했기에 풍문으로 모든 사건 사고를 들을 수 있었다.

한심한 나날이었지만 그 덕분에 지금도 많은 정보를 가질 수 있는 거니 인생사 새옹지마 아니겠는가?

그러던 중 떠드는 걸 좋아했던 한 상급 무사는 나에게 이렇게 말해 주었다.

'왜 그 전설적인 무인들이 사용했다던 무공들 말이야. 수청비고에서 그 비급이 발견되었다더군.'

많은 사람이 나찰과 인간의 전쟁이 있던 그 시절을 이야기했다.

민간 설화는 과장되어 신화처럼 변질되기 마련이었으나 없던 이야기를 하는 것은 아니다.

'낙월검법도 소실된 무공 중 하나였지.'

전쟁은 기술을 발전시킨다.

나찰과의 전쟁은 가장 참혹했던 시기이자 동시에 가장 찬란한 시대이기도 하다.

숨어 살던 일인 전승자들이 나와 활약했고 죽어 갔으며, 모두가 극양신공으로 수명을 태워 가며 싸웠다.

그렇게 모두가 한마음 한뜻으로, 설령 몸이 부서지는 한이 있더라도, 더 강한 무공을 추구하고 연구했다.

'하지만 대부분 맥이 끊겼다.'

전쟁이 끝나고 인간의 몸을 혹사시키는, 극소수만이 배울 수 있는 무공은 자연스럽게 도태되어 사라졌다.

특히 일인 전승자들이 많이 죽었고 이들의 무공 또한 소실되었다.

전쟁에 나서며 언제 죽을지 모르기에 비급을 만들어 놓았으나 어찌 된 영문인지 이를 찾을 수도 없었다.

'다 수청비고에 있었지.'

그리고 그것을 신태민이 확보한 것이었다.

'하지만 배우지는 않았었어.'

회귀 전에도 이 고대의 무공을 익힌 자는 없었다.

아니, 익히려고 했으나 시간 내에 못 익혔을 수도 있다.

'대부분 평범한 인간은 배울 수 없는 무공들이니까.'

선택받은 천재들만을 위한 일인 전승 무공이나 극양신공

을 기반으로 한 탈인간 경지의 무공들이다.

현시대에는 배울 수 있는 사람이 거의 없을 수밖에.

한마디로 '목숨 걸고 털었더니 고고학 유물만 나왔다!'라는 느낌이다.

영약도 있긴 하지만 공청석유같이 천 년에 한 번 나오는 영약은 아니었기에 아쉬울 수밖에 없었다.

다만 나에게는 말 그대로 보물 창고나 다름없다.

이 비급을 배울 수 있고, 또 필요한 이들을 많이 알고 있으니까.

난 바로 비급 상자에서 3권짜리 비급을 꺼내 아린이에게 건넸다.

비급의 이름은 혈극재신법(血極災神法).

"이건 네 거야. 아린아."

아린이에게 혈극재신법(血極災神法)을 준 이유는 간단하다.

'이건 아린이만 배울 수 있는 무공이다.'

과장되고 변형된 소문으로 일인 전승 무공들을 정확하게 이해할 수는 없지만, 적어도 그 무공들의 기본적인 형태는 알 수 있었다.

혈극재신법(血極災神法)은 한마디로 피를 보면 볼수록 더 강해지는 격투술이다.

오로지 살육만을 위한 마공(魔功)이기에 그 누구도 배워서는 안 된다.

하지만 아린이는 이미 부동심법을 익혔고 음기 폭주로 인한 정신적 붕괴도 막아 내고 있었다.

한마디로 혈극재신법(血極災神法)을 제정신으로 배울 수 있는 건 아린이가 유일하다는 것이다.

'전설대로라면 그 전의 전승자도 싸울 때는 미쳤었다고 했지.'

부작용이 심하긴 하지만 재앙이라고 불릴 정도로 강한 무공이다.

아린이의 그릇을 채우기에는 충분할 것이다.

그리고 여기에는 내가 노리던 비급도 있다.

그 이름하여…….

"그런데 서하야. 우리 어떻게 나가냐?"

"응?"

상혁이는 옆구리에 상자를 하나씩 끼고 와 물었다.

"출구가 없잖아. 지금까지 함정 끝나면 이상한 장치로 막 여기저기로 떨어졌고. 우리 어떻게 나가?"

"그거야 쉽지."

회귀 전, 단 두 명이서 이 비고에 돌입한 신태민의 부하들은 출구를 찾아보다 한 글귀를 발견한다.

"나찰이 여기 위에서 힘을 사용하면 그 기를 감지하고 밖으로 나갈 수 있어."

나찰이 만든 비고이니 나찰만 나갈 수 있는 것이다.

인간은 여기까지 오더라도 나갈 수 없게 만들어 놓은 셈이지.

"……잠깐 그럼 인간은 못 나가? 나찰이 힘을 사용해야 하잖아."

"아니, 정확하게 말하면 음기 폭주를 일으키면 돼. 그리고……."

나는 아린이를 바라봤다.

"우리한테는 나찰이 있잖아."

신태민의 발굴단은 이 문구를 읽고 고심에 빠졌다.

그들이 선택한 방법은 음기가 가득한 영약을 한 사람이 다 복용한 뒤 빠져나가는 것이다.

물론 빠져나감과 동시에 나머지 한 사람이 그를 죽이는 것으로 폭주를 막았다.

그렇게 홀로 살아남아 보고서를 작성한 무사는 이렇게 적어 놨다.

-이 악랄한 비고는 발견되지 않는 편이 나았다.

결과적으로 내가 먼저 발굴했으니 그의 인생도 지킨 셈이 된 건가?

어쨌든 우리는 걱정이 없다.

아린이가 있으니까.

"그럼 빠져나가자."

난 비급 상자를 챙겼고 아린이가 나머지 영약 상자를 들었다.

이윽고 아린이가 음기를 내뿜자 나찰이 만들어 놓은 장치가 빛을 내며 나와 친구들을 집어삼켰다.

이윽고 눈을 떴을 때는 수청의 아름다운 호수가 눈에 들어왔다.

"수고했다. 얘들아."

모두 조금 더 강해질 준비가 끝났다.

Chapter 57.

Chapter 57.

수청비고에서 빠져나온 나는 뒷수습을 시작했다.

내가 비고를 발굴해 냈다는 사실은 밖에서 대기하고 있던 정보원들에 의해 확인되었을 것이며 보물이 뭔지에 대해서도 알아내려고 할 것이다.

'굳이 알려 줄 필요는 없지.'

난 비고에 들어가기 전부터 발견한 비급서들을 어느 장소에 숨겨 놓을지를 이미 생각해 놓았다.

바로 우리 집.

청신이다.

적어도 할아버지가 버티고 있는 한 청신을 털러 오는 미친

놈은 없을 테니 말이다.

그렇게 도착한 청신.

나는 가장 먼저 석공에게 가 위령비를 제작했다.

딱히 귀신을 믿는 것은 아니었으나 훗날 누군가 이 비고에 다시 들어가는 것을 막기 위해서라도 이미 전부 발굴되었다는 걸 적어 놓을 필요가 있다.

그 뒤로는 바로 할아버지에게 비급서를 보여 주었다.

"고대의 비급서란 말이냐?"

"네, 그렇습니다."

"이 무공들이 실존했었구나. 그래, 이걸 보물처럼 모셔 둘 리는 없고. 뭘 수련할 생각이냐?"

"일단 혈극재신법(血極災神法)은 아린이에게 줄 생각입니다."

"그래, 아린이 말고는 이걸 배울 수 있는 사람은 없겠지."

아무리 강한 무사라도 적과 아군을 구분하지 못하고 폭주하면 그저 괴물일 뿐이다.

아린이의 상황을 알고 있는 할아버지는 다른 무공을 보며 말했다.

"이건 상혁이에게 어울리겠구나."

"네, 맞습니다."

상혁이에게 줄 무공은 만변무신공(萬變武神功)이었다.

만변무신공(萬變武神功)이란 만 가지 변화를 가진 무공으로 일반적인 사람이 극성에 이르기까지 300년은 족히 걸리는 무공으로 알려져 있다.

그렇다.

한마디로 인간은 배울 수 없는 무공이다.

그럼 이것을 누가 만들었는가?

바로 상혁이처럼 하늘의 선택을 받은 천재가 자신의 움직임을 통찰해 비급으로 적어 일인 전승자들에게 나눠 준 것이다.

'보통 만변무신공(萬變武神功)은 한 장만 배워도 잘 배웠다고 하지.'

한 장에 100가지의 움직임을 담고 있었고 총 100장으로 이루어져 있었다.

다 읽는 것만으로도 진이 빠질 정도.

'만변무신공(萬變武神功)을 극성까지 익히면 그 어떤 상황에도 대처할 수 있다.'

이론적으로는 그러하다.

하지만 현실적으로도 그럴까?

인간은 선택지가 10개만 넘어가도 가장 자신 있는 선택지를 고르기 마련이다.

예를 들어 나 같은 경우도 어쩔 수 없는 경우를 제외하고는 일검류 중 가장 숙련도가 높은 기술만을 사용하지 않는가?

아무리 수많은 선택지가 주어진다 하더라도 가장 익숙하

고 편한 몇 가지만을 고르는 게 평범한 인간의 한계였다.

그러나 천재들은 다르다.

만 가지 선택지를 전부 이해하고, 그중에서 가장 효율적인 움직임만을 가져갈 수 있다면 어떻게 되겠는가?

'그것이 무신이다.'

할아버지와는 다른 또 다른 무신의 등장이 될 것이다.

"상혁이의 그릇이 어느 정도인지를 볼 수 있겠구나. 그런데 서하 너는 안 배울 생각이냐?"

"전 그걸 배울 수 없습니다. 이제 아시지 않습니까? 제 재능."

"하하하, 겸손하구나. 그래, 무에 대한 이해도는 상혁이가 너보다 높지. 하지만 나는 너의 재능을 결코 낮게 평가하지 않는단다."

"말씀 감사합니다."

입에 발린 말씀이다.

손자라고 팔이 안으로 굽는 것일 수도 있고 말이다.

어쨌든 내가 배울 무공은 예전부터 정해져 있었다.

"제가 배울 무공은 바로 이겁니다."

혈인내멸신공(血刃內滅神功).

아린이는 총 3권.

상혁이는 총 10권이지만 내가 고른 비급은 오직 한 권뿐이었다.

아니, 한 권이라고 하기에도 뭐하다.

고작 10장 정도의 얇은 비급이었으니까.

"이거는……."

할아버지는 심각한 얼굴로 나를 바라봤다.

"유명한 무공이니 알고 계실 겁니다."

가장 많은 수의 나찰을 죽인 무인의 무공.

낙월검법보다도 더 치명적이고, 오직 나찰을 죽이기 위해 존재한다고 볼 수 있을 정도로 극단적이었던 무공.

그것이 바로 혈인내멸신공(血刃內滅神功)이었다.

"극양신공도 그렇고, 너는 왜 네 죽을 생각만 하느냐? 생각을 고치거라."

"극양신공과는 다릅니다. 이것은 저를 죽이는 무공이 아니라 마지막 순간에 저를 살리는 무공이 될 겁니다."

혈인내멸신공(血刃內滅神功)은 아주 간단한 무공이다.

자신의 내공을 칼날로 만들어 접촉한 대상의 내부로 내뿜는 것.

문제는 내 몸에서부터 칼날을 생성해야 한다는 것이다. 즉, 나의 몸과 함께 상대를 갈기갈기 찢어 버리는 동귀어진 형식의 무공이었다.

하지만 난 이를 위해 준비를 해 왔다.

'그래서 신로심법을 배운 것이지.'

신로심법 수련의 두 번째 단계는 강로(强路).

바로 이 기혈을 남들과 다르게 강화하는 수련법이다.

강로를 익힌 나는 혈인내멸신공(血刃內滅神功)을 어느 정도 버틸 수 있으리라.

나는 반죽음, 적은 확실히 죽음.

이런 느낌이지.

할아버지는 그런 나를 이해할 수 없다는 듯 물었다.

"무엇과 싸우기 위해 이런 무공이 필요하단 말이냐?"

"나찰입니다."

"나찰은 이 세상에 그리 많지 않다. 이걸 수련하느니 차라리 상혁이와 함께 만변무신공을 익히는 게 낫지 않겠느냐?"

"전 그걸 익혀 봤자 제대로 쓰지도 못할 텐데요."

나는 머리를 긁적였다.

괜히 만변무신공을 사용하려다가 생각만 많아진다.

나는 단순한 게 좋다.

일검류처럼, 그리고 혈인내멸신공처럼.

단순하면서도 확실하게 적을 죽일 수 있는 그런 무공이 나와 잘 어울린다.

"그리고 나찰은 많습니다. 단지 숨어 있을 뿐이죠."

혈인내멸신공은 나찰에게 가장 효과적인 무공이었다.

강한 나찰은 음기를 이용해 자신의 몸을 금강불괴로 만든다.

이번 백야차 같은 경우도 그를 베지 못해 얼마나 힘겹게 싸웠었는가?

그러나 혈인내멸신공은 다르다.

내부를 갈가리 찢어 버리는 무공 특성상 아무리 강한 나찰이더라도 확실한 일격을 날릴 수 있었다.

비록 나의 몸도 갈가리 찢겨 버리겠지만 말이다.

하지만 그 부분은 어느 정도 걱정이 해결되었다.

'나한테는 적오가 있지.'

적오의 회복 능력이라면 죽을 일도 없을 것이다.

할아버지는 작게 숨을 내쉰 뒤 말했다.

"그래, 나머지 비급은 어떻게 할 테냐?"

"익힐 필요가 없을 거 같습니다."

나머지 비급도 훌륭하지만 탈인간 경지의 무공을 두 개 이상 익힐 수는 없었다.

"그래, 그럼 이건 비밀 창고에 넣어 두마. 영약은 상원이에게 줬으니 필요할 때 가져다 먹거라."

"네, 감사합니다."

"그리고 그걸 수련하는 건 상원이한테는 비밀로 하는 게 좋겠구나. 애가 아주 네 걱정에 잠을 못 자요."

"그러다 또 아프시면 안 되니 이번에는 말 좀 잘해 주세요."

"그래, 아들놈들이 나보다 먼저 죽으면 안 되지."

할아버지는 그렇게 중얼거리다 말했다.

"아, 준하도 좀 배울 수 있는 걸 주겠느냐?"

"준하는 일검류도 벅찹니다."

"하긴……. 그래도 영약은 나눠 먹거라."

예쁜 구석은 하나도 없지만 할아버지 말씀을 거부할 수는 없지.

"네, 그렇게 하겠습니다."

그렇게 할아버지와의 대화를 끝낸 나는 친구들과 바로 수련을 시작했다.

모르는 부분은 할아버지나 황 노인에게 물어보면 금세 답이 나왔다.

역시 고수들이 주변에 있으면 편하다.

그렇게 생각하며 약 10일 정도가 지났을 때였다.

"얘들아! 얘들아! 보고 싶었어. 너무 보고 싶었어."

민주가 감격한 얼굴로 오며 아린이에게 안겼다.

아린이는 마치 엄마처럼 고개를 끄덕이며 안아 줄 뿐이었다.

나도 저렇게 하면 자연스럽게 안을 수 있지 않을까?

아니, 그냥 안아 달라고 해도 안아는 줄 거 같지만 좀 창피하단 말이야. 마지막으로 안아 봤을 때는 품에서 울기나 했고…….

부러우니 빨리 떼어 놓자.

"자자, 너도 이제 수련하자."

"이러기야? 오자마자 수련하자고 하기야? 진짜?"

"그럼 혼자 뒤처질래?"

"아니! 싫어!"

난 곧 있으면 선인 시련이란 말이다.

"그럼 민주 실력 좀 보자. 천리사궁 몇 성이야?"

민주와 지율이는 지금 일류 무공을 배우고 있기도 하고 각자 자신의 그릇에 딱 맞는 무공이었으니 더 뭔가를 배울 필요는 없다.

"네가 준 비급에 따르면 한 5성 정도?"

"생각보다는 괜찮지만 아직 멀었네."

"힝."

말은 그렇게 했으나 저 나이에 천리사궁 5성이면 대단한 것이었다.

벌써 반이나 한 셈이니 말이다.

하지만 칭찬해 주면 민주는 다시 게을러질 수도 있으니 계속해서 채찍질해야만 했다.

그렇게 침울하게 내 뒤를 따라오던 민주가 말했다.

"근데 아직 지율이가 안 왔네? 너네 혹시 지율이 얘기는 들었어?"

"응? 지율이?"

그러고 보니 지율이가 오지 않았다.

분명 민주보다도 먼저 올 거라고 생각했는데 말이다.

"응. 지율이 집 망했대."

"……뭐?"

"빚으로 망했다던대? 몰랐어? 난 너희가 아는 줄 알았는데.

여기 있을 줄 알았는데 없…….”

“다시 말해 봐.”

어깨를 잡자 민주는 화들짝 놀라며 말했다.

“너 표정이 무서운데?”

“미안, 너한테 화난 건 아닌데. 그보다 망했다는 게 무슨 소리야?”

“말 그대로야. 빚을 져서 망했다고 했어.”

지율이 집이 망했다면 그 이유는 오직 하나뿐이다.

태인(泰仁).

거기서 무슨 수를 쓴 것이 분명했다.

“나 지율이네 좀 갔다 올게.”

태인이 무슨 수를 썼든 상관없다.

돈은 많으니까.

바로 가서 해결하고 와야겠다.

휴가를 받은 직후 주지율은 바로 고향으로 내려갔다.

나름 만족스러운 일 년이었다.

상단을 지켜 냈고, 아미숲의 영웅이 되었으며 홀로 복귀한 덕분에 신유민 저하를 직접 알현하는 영광도 누렸다.

덕분에 광명대는 많은 포상을 받았고 주지율은 1년 차 무사라고는 믿을 수 없을 정도로 큰돈을 받을 수 있었다.

그렇게 주지율은 선물을 바리바리 싸 들고 금의환향했다.

그러나 도착한 고향 마을에는 연기 하나 없었다.

"……."

주지율은 미간을 찌푸리며 주변을 바라봤다. 사람들이 모두 주지율의 집 앞에 모여 있었다.

주지율은 불안한 마음을 숨기며 다가갔다.

"저기 다들 뭐 하시는 겁니까?"

그 순간 모두의 시선이 주지율에게로 향했다.

"도련님……."

"도련님은 무슨!"

그 순간 한 남자가 주지율에게 손가락질을 하며 말했다.

"잘 왔소! 돈 좀 가지고 왔소이까? 어?"

"맞아! 도련님이 이번에 큰 활약을 했다며? 돈 좀 벌었을 거 아니야?"

"나부터 받아야 해! 나부터!"

주지율은 살벌하게 다가오는 마을 사람들에게서 뒷걸음질 치며 말했다.

"잠시만요. 알아듣게 좀……."

그때였다.

"어? 선배 왔네요? 휴가 받아 온다고는 들었는데."

태인 출신의 후배, 김준성이었다.

주지율이 오는 날에 맞추어 마을을 방문한 그는 주지율에게 어깨동무를 하며 마을 사람들에게 말했다.

"에이, 에이. 뭣들 하는 게냐? 뒤로 물러서거라."

김준성의 말에 마을 사람들은 고개를 조아리며 뒤로 물러났다.

주지율은 김준성에게 조심스럽게 물었다.

"도련님. 이게 무슨……."

"선배. 그러지 마세요. 우리 성무학관의 자랑 아니십니까? 광명대. 그렇죠?"

김준성은 주지율의 옷깃을 여미며 말했다.

"문제가 좀 있어서요. 그게, 선배 아버님이 도박 빚을 좀 지셨어요."

"도박 빚 말입니까? 그게 무슨……."

"그러니까 말입니다. 이 도공들이 받아야 하는 임금까지 다 날려 버리는 바람에 마을 상태가 말이 아니에요."

"아버지가 그럴 리가……."

머릿속이 복잡하다.

아무리 그래도 아버지가 그럴 리가 없는데.

그렇게 생각할 때였다.

"내 생각에는 선배님이 그 빚을 갚을 수 있을 거 같은데."

"아! 맞아요. 제가 이번에 포상을 좀 크게 받아서……."

주지율이 마차에서 돈을 꺼낼 때였다.

“에이, 그런 푼돈을 누구 코에 붙입니까? 우리 가서 한바탕 만 합시다. 큰돈을 벌 수 있을 거예요.”

“난 도박하지 않습니다.”

“누가 도박하자고 합니까?”

김준성은 마차 안에 있던 주지율의 창을 들어 올리며 말했다.

“선수로 뛰십시다. 그럼 금방 갚을 거예요.”

“……선수.”

주지율은 고개를 끄덕였다.

“뭘 하면 됩니까?”

“우리 선배 화끈하네. 그건 가서 얘기합시다.”

김준성은 만족한 얼굴로 마차에 올라탔다.

‘쯧쯧, 부자가 쌍으로 병신이야.’

태인의 목표는 처음부터 주지율이었다.

태인(泰仁).

수도 서쪽에 있는 거대 도시로 농업과 상업의 기반이 잘 다져진 도시였다.

군사적으로나 정치적으로는 비록 세가 약할지 몰라도 이 나라 최고의 유흥 도시 중 하나로 그 역할을 하고 있었다.

주지율은 김준성의 뒤를 따라 화려한 식당으로 들어갔다.

“자자, 편하게 앉아요. 선배님.”

"도련님. 그렇게 말씀을 올릴 필요는 없습니다."

"왜요? 부담스러워요?"

김준성은 피식 웃으며 차를 따라 주었다.

"나도 반말하기 부담스러워요. 그 잘나가는 청신 선배님한테 말하면 저도 끽!"

김준선은 장난스럽게 목을 긋고는 말을 이어 갔다.

"상황이 좀 이해가 안 되긴 하죠?"

"네."

아버지가 도박 빚을 졌다는 게 도대체 무슨 소리일까?

주지율의 아버지는 현실적인 사람이었다.

선인이 될 가망성이 보이지 않자 바로 무사를 은퇴하고 마을로 돌아와 기술을 배운 것만으로도 그의 성격을 알 수 있었다.

하지만 김준성이 아버지에게 물어보기만 해도 탄로가 날 거짓말을 할 리도 없었다.

"도박 빚이 있다는 게 도대체 무슨 소리인지……."

"그게 설명하자면 복잡한데 말입니다."

김준성은 실실 웃으며 설명을 시작했다.

주지율의 마을은 칼을 만드는 도공들의 마을이다.

이들은 태인에 물건을 납품하는 것으로 살아갔다.

"알고 있겠지만 우리는 어음으로 거래합니다."

태인은 언제나 어음 거래를 선호했다.

한마디로 물건을 먼저 받고 나중에 돈을 준다는 소리다.

"이번에도 그쪽 영주님이 우리한테 물건을 가져다주었고 우리는 그 자리에서 대금을 지급했죠. 문제는 말입니다. 이걸 그쪽 영주님이 털리셨어요."

"털렸다뇨?"

"말 그대로 마을로 가져가는 도중에 누군가에게 빼앗겼단 소리입니다."

"도대체 누가?"

"그거야 우리도 모르죠."

김준성은 어깨를 으쓱했다.

"태인 안에서 일어난 일이면 우리가 책임지고 잡아 주겠지만 이게 또 그쪽 영지 안에서 일어난 일이라서 말입니다."

아무리 두 집안의 영지가 붙어 있다고 하더라도 명백히 구역이 나누어져 있었다.

태인 안에서 상단이 털리는 건 온전히 치안 유지를 못 한 태인의 책임이 되겠지만 주지율의 아버지는 자기 영지 안에서 도적질을 당한 것이다.

김준성은 최대한 안타까운 표정을 지었으나 미소는 사라지지 않았다.

"문제는 이게 후지급이었다는 거죠. 선배는 똑똑하니까 아시겠죠?"

"마을 사람들이 빚을 졌겠네요."

"네, 특히 주문도 많았거든요."

마을의 도공들은 태인이 발행한 어음을 담보로 많은 재료를 샀을 것이다.

하지만 그 돈을 아버지가 잃어버렸고 그 때문에 물건을 만든 만큼 전부 빚이 된 것이었다.

"주문이 얼마나 되었습니까?"

"보석이 들어간 단도 100개 정도? 거기에 도축용, 전투용, 조리용까지 다 합치면 수레로 10대는 되었던 거 같은데."

머릿속으로 계산을 끝마친 주지율은 눈을 감았다.

'마을 사람들이 다 노예가 되겠구나.'

그 정도로 큰 빚이었다.

"그래서 태인 측에서 약간의 위로금을 전달하긴 했지만 그걸 누구 코에 붙이겠습니까? 그래서 지하 결투장을 소개해 주었죠. 이거 아무나 소개해 주는 곳 아닙니다."

"지하 결투장이라고요?"

"네, 입으로 설명하는 것보다 가서 보여 주는 게 빠르겠죠. 가시죠."

도시의 외곽.

지하 결투장은 이름 그대로 지하에 있었다.

하지만 그 화려함은 다른 유흥가에 비할 바가 아니었다.

지하를 수놓은 수많은 등과 넓고 안락해 보이는 관람석.

그리고 그 한가운데에는 깊은 구덩이가 패 있었다.

퍽! 퍽! 퍽!

상의를 탈의하고 맨손으로 싸우는 남자들.

청색 바지를 입은 남자의 주먹이 홍색 바지를 입은 남자의 턱을 가격하자 환호와 책망이 여기저기서 쏟아져 나왔다.

"여기가 지하 결투장입니다. 아는 사람은 전부 아는 우리 태인의 명물이죠. 지금은 초저녁이라 사람들이 별로 없지만 조금 이따가 쟁쟁한 선수들이 나오면 금세 가득 찰 겁니다."

"이런 야만적인 시설이 있어도 괜찮은 겁니까?"

"야만적이라뇨? 이게 얼마나 인기가 있는데. 조금의 안목만 있다면 큰돈도 벌 수 있는 좋은 곳입니다."

"안목이요?"

"돈을 거는 겁니다. 누가 이길지. 선배님 아버님은 상급 무사 출신이시니 약간의 안목만 있으면 되는데 그게 없으셔서. 쯧쯧."

결투장이라는 말보다는 도박장이 더 어울리는 장소였다.

"한번 해 보시겠습니까?"

"도박을 하는 건……."

"좀 그렇겠죠? 하긴 선배 아버님도 도박으로 다 날리셨으니까. 그럼 선수로 뛰는 건 어떻습니까?"

"선수요?"

"네, 선수 말입니다."

김준성은 기다렸다는 듯이 준비해 놓은 계약서를 내밀

었다.

“여기 지장만 찍으시면 바로 선수로 뛸 수 있습니다. 처음에는 얼마 못 받는데 인기가 높아지면 금방 갚을 겁니다.”

“하지만 지금 당장 돈이 필요한데…….”

주지율은 고민에 빠졌다.

아버지가 왜 도박에 손을 댔는지 알 것도 같았다.

하지만 도박은 정답이 아니라는 것을 알고 있었다.

거기에 지금까지 노력만으로 어떻게든 되리라 생각하며 일평생을 살아온 주지율이었기에 심리적 거부감이 심한 것이었다.

그것을 눈치챈 김준성은 말을 이어 갔다.

“그건 선지급해 드리죠. 계속 선수로 뛰시면서 갚는 걸로. 괜찮죠?”

“선지급해 준다고요?”

“당연하죠. 이렇게 말하면 뭐하지만 선배는 상품성이 있습니다. 한참 주가를 올리고 있는 광명대의 일원이자 성무학관 출신. 큰돈을 벌 수 있으실 거예요.”

선지급된다면 마을도, 아버지도 살릴 수 있다.

사실 고민할 필요도 없는 일이었다.

“뭐야? 다른 방법이 있으신가 봐요? 싫으면 말죠. 괜히 신경 써 줬네.”

“아닙니다. 하죠.”

주지율은 김준성이 생각을 바꾸기 전에 얼른 지장을 찍었다.

"그럼 앞으로 잘 부탁합니다. 선배. 문제는 태인에서 알아서 해결해 드리죠."

"감사합니다."

"에이, 형제처럼 지내지 않았습니까? 그리고 가슴 펴세요. 선배가 선배 영지와 사람들을 구한 겁니다."

김준성은 미소를 지으며 계약서를 챙겨 밖으로 걸어 나갔다.

그가 한 말에는 거짓이 없었다.

마을의 빚도 전부 처리해 줄 것이고 그 돈을 전부 갚을 때까지 주지율에게 일도 줄 생각이었다.

하지만 몇 가지 말하지 않은 사실이 있었다.

계약상 겸업이 불가능하다는 것이었다.

"크크크. 그러게 계약서를 꼼꼼히 읽어 봤어야지."

이제 주지율은 공직을 내려놓아야 한다.

"버러지 같은 게 지가 뭐라도 된 줄 알아."

김준성은 낄낄거리며 웃었다.

주지율은 언제나 자신보다 밑이어야만 했고 그렇게 살아왔다.

하지만 이서하라는 놈이 나타나고 상황은 역전되었다.

가전 무공을 버리고 새로운 무공을 배우기 시작한 주지

율은 나날이 성장했고 광명대에 들어가 이름을 알리기 시작했다.

태인에서도 주지율의 이름이 알려지기 시작했고 당연히 같은 세대인 김준성은 그와 비교되기 일쑤였다.

그래서 끌어내리고 싶었다.

주지율을 다시 바닥으로 끌어내려 짓밟아 자신의 우월함을 증명하고 싶었다.

"거기 누구 있느냐?"

저택으로 도착한 김준성의 말에 한 남자가 달려왔다.

"네, 도련님."

"잔금 치러. 목표가 계약서에 지장 찍었다."

"어떤 방식으로 치를까요?"

"도적질한 거 있잖아."

김준성은 계약서를 상자에 넣으며 말했다.

"이제 필요 없으니 돌려주자고."

모든 것이 김준성의 손바닥 위였다.

무슨 일이 있어도 따라오겠다던 아린이를 뒤로한 채 나는 지율이네 마을로 향했다.

"도련님 친구분이라고요? 이쪽으로 오세요!"

그리고 아주 극진히 대접받을 수 있었다.

사람들은 모두 지율이를 찬양하고 있었고 대충 어떤 상황이었는지를 알아낼 수 있었다.

“김준성이랑 같이 갔다고요?”

“네! 그리고 아직 돌아오지 않으셨습니다.”

마을 사람들의 말을 종합하면 이러했다.

‘그러니까 지율이네 아버지가 도적단에게 돈을 뺏겼고 그걸 지율이가 해결한 거네.’

이상한 것투성이였다.

갑자기 엄청난 양의 상품을 주문한 태인.

게다가 상급 무사이며 나름대로 실력 있는 영주의 호위대를 습격한 정체불명의 도적단까지.

‘구린내가 요동을 치는구만.’

너무 구려서 의심하지 않으려야 않을 수가 없을 정도였다.

‘게다가 그 큰돈을 태인에서 갚아 줬다고?’

김준성이 그렇게 착한 인간으로는 보이지는 않았는데 말이다.

‘전형적으로 지기 싫어하는 허영심 많은 양반집 아들 같은 느낌이었는데.’

일단 태인으로 가 봐야 정확한 상황을 알 수 있을 것만 같다.

‘일단 지율이부터 찾아보자.’

당사자에게 말을 듣는 게 가장 좋겠지.

그렇게 태인에 들어선 나는 어렵지 않게 지율이를 찾을 수 있었다.

"새로운 친구 봤어? 아주 확확 치고 올라오던데?"

"그 광명대 출신이라며? 왜, 아미숲에서 일등 공신이라던. 진짜인가 보네. 곧 시작하지? 이번에는 한번 믿어 볼까?"

김준성을 찾아갈 필요도 없을 것만 같다.

난 수다를 떠는 남자들에게 다가가 광명대 출신의 무사에 관해 물었다.

"저기요, 당신들 하는 말에 물어볼 게 좀 있는데."

나름 비밀인지 머뭇거렸으나 그렇게 큰 비밀이라면 애초에 이에 관해 떠들지도 않았을 것이다.

"나 이런 사람입니다."

"처, 청신?"

청신의 이름이 적힌 호패 앞에 비밀을 지킬 수 있는 사람은 많지 않았다.

"그러니까 지하 결투장이 있고 거기에 지율이가 있다, 그 말이죠?"

"네네, 마침 오늘 5경기가 그 주지율 무사님의 경기입니다."

"위치가 어디죠?"

"저희가 안내해 드리겠습니다."

나는 굽실거리며 앞장서는 남자들의 뒤를 따라갔다.

확실히 청신이라는 이름에 광명대 대장이라는 직책까지

들어가니 사람들을 다루기가 편하다.

'지하 결투장이라…….'

회귀 전에도 들은 적은 있다.

태인에는 죄를 지어 불명예스럽게 쫓겨난 무사들이나 급전이 필요한 무사들이 싸우는 결투장이 있다는 것을 말이다.

'원래도 유흥으로 유명한 곳이었지.'

음식, 노래, 공연 같은 깨끗한 유흥부터 온갖 더러운 유흥까지 완벽하게 갖추어져 있는 도시가 바로 태인이었으니 이상할 건 없었다.

그렇게 도착한 지하 결투장.

화려한 관중석과 대충 흙을 파내 만든 결투장이 선명하게 대비되고 있었다.

"오오! 이제 막 4경기가 끝났다고 합니다. 그 친구분 경기도 곧 시작되겠네요."

"……."

회귀 전, 내 인생이 떠올랐다.

제국에서 또 서역에서 나는 결투장을 전전하며 돈을 모았다.

일방적으로 처맞는 역할이었으나 하루만 일을 해도 꽤 짭짤한 돈을 주었으니 말이다.

'다시는 하기 싫은 경험이지.'

결투장 무사라는 건 대부분 인생 막장까지 간 인간들이었다.

어떻게 본다면 평생을 수련해 얻은 무공으로 광대가 되기를 자처하는 것이니 말이다.

각자의 사정이 있겠지만 무사의 자존심을 생각한다면 결코 쉽게 발을 들일 수 있는 곳은 아니었다.

그렇게 지율이가 나오기를 기다릴 때였다.

"아니, 이게 누구야? 선배님 아닙니까?"

김준성이 나를 발견하고는 다가와 손을 내밀었고 나는 무시하며 입을 열었다.

"지율이는 어딨냐?"

"경기 준비 중일 겁니다. 이야, 지율 선배 잘 싸우던데요? 이거 금방 인기 무사가 되겠어요."

"지율이 집안이 빚을 져서 저러고 있다며? 얼마냐?"

"한 만 냥 정도 됐을걸요?"

만 냥.

성무학관의 학비가 1년에 500냥이라는 걸 생각하면 적은 돈은 아니었다.

하지만 나에게는 푼돈이나 다름없다.

"내가 내 주마. 그럼 되겠지?"

구린내가 펄펄 났지만 일단 지율이를 저 구덩이에서 꺼내는 것이 먼저였다.

일단 돈을 주고 그다음에 상황을 파악해 복수하는 것도 나쁘지는 않으리라.

"뭘 내 줍니까?"

"지율이 빚 말이야."

"지율 선배 이제 빚 없어요."

"야, 나 말장난할 기분 아니다."

"아뇨, 정말로 빚은 없습니다. 계약만 있지."

"계약?"

"네, 이제 우리 쪽 무사거든요. 그쪽 무사가 아니라."

김준성은 피식 웃으며 말을 이어갔다.

"아니면 해약금 10배 내고 데려가시든가."

"10만 냥을 내라?"

"계산이 빠르시네요. 역시 수석."

내가 올 것까지 생각하고 있었구나.

이건 선전 포고라고 봐도 될 것만 같다.

"언제든 기다리고 있겠습니다. 온 김에 돈 좀 걸고 그래요. 지율 선배 오늘 배당이 2할 정도 됩니다. 만 냥을 걸면 2천 냥이나 벌 수 있다고요. 하하하."

깐족거리는 김준성을 바라보던 나는 지율이에게로 시선을 돌렸다.

지율이는 어느새 상대를 때려눕히고 참담한 얼굴로 고개를 숙이고 있었다.

10만 냥도 못 줄 건 없지만 생각이 바뀌었다.

"그냥 지율을 빼 가는 것만으로는 부족하겠네."

선전 포고를 해 왔다면 어쩔 수 없다.

다시는 그럴 수 없도록 박살을 내는 수밖에.

◆◈◆

대기실로 돌아온 주지율은 무표정하게 몸을 닦았다.

주먹에 피가 많이 묻어 있었다.

'서하가 보고 있었지.'

관중석에 서하가 있던 것이 보였다.

무표정한 얼굴에는 약간의 분노도 보였다. 아마도 배신감을 느끼지 않았을까?

'의도한 건 아니었지만…….'

지장을 찍은 이후에야 결투장 무사는 태인의 수비대에 합류해야 한다는 것을 알았으나 이미 늦은 뒤였다.

해약하기 위해서는 해약금 10배를 물어야 했고 주지율에게 그럴 돈은 없었다.

"이야, 수고했습니다. 선배. 4연승이네요."

"……가 보겠습니다."

"왜, 서하 선배 왔는데 얼굴 좀 보시죠. 뭐 죄지은 건 아니잖아요?"

주지율은 대답하지 않았다. 하지만 김준성은 계속해서 비아냥거리며 말했다.

"아, 그리고 영주님 풀려났습니다."

"풀려났다고요?"

"지금까지 구금되어 있었거든요. 이게 거래처 사람들이 잡아 놔 달라고 하도 요청을 해 대서 저희도 어쩔 수 없었습니다. 그래도 빚도 다 갚고 오늘 풀려나셨습니다. 저기 사거리 주막에서 머물고 내일 마을로 돌아가실 겁니다. 인사라도 드리죠."

"……감사합니다."

주지율은 고개 숙여 인사를 하고는 바로 사거리 주막으로 향했다.

여기저기 기웃거릴 것도 없이 홀로 술잔을 기울이는 아버지를 발견할 수 있었다.

주지율은 심호흡한 뒤 조심스럽게 들어가 말했다.

"오랜만입니다. 아버지."

주지율의 아버지 주철현.

피곤한 눈으로 아들을 바라보던 주철현은 고개를 끄덕이며 말했다.

"그래……."

할 말을 찾던 주지율은 앞에 앉으며 말했다.

"김준성 도련님 덕분에 돈은 전부 해결되었습니다. 걱정하지 않으셔도 됩니다. 아버지."

"……."

아들의 말에도 주철현은 가만히 사발만 바라보았다.

그렇게 두 부자의 어색한 시간이 흐르고 주지율은 더 이상 할 말이 없었다.

"또 찾아뵙겠습니다."

그렇게 일어나려고 할 때였다.

"다 태인의 짓이다."

멈춰 선 주지율은 아버지를 내려 보았다.

그의 얼굴에는 원망이 섞여 있는 것만 같았다.

주지율이 질문의 요지를 이해하지 못해 당황한 표정을 짓자 주철현이 말을 이어 갔다.

"그 도적들. 태인에서 보낸 놈들이다. 증거가 없어 억울함을 풀 수는 없지만 난 알 수 있다. 이게 다 태인이 꾸민 짓이라는 것을."

주지율은 아랫입술을 깨물었다.

그 또한 어렴풋이 알고 있었다.

도적단이 평범한 놈들은 아닐 수도 있다는 것을.

주철현은 깊은숨을 내쉬었다.

"도대체 너는 왜 쓸데없는 짓을 하는 거냐? 평범하게 살라고 하지 않았느냐? 그랬으면 태인이 이렇게까지 할 일도 없었을 것을……."

순간 억울한 마음이 든 주지율은 주먹을 꽉 쥐며 말했다.

"저는 그저 형의 몫까지 할 생각에……."

"누가 그걸 바랐느냐? 그리고……."

주철현은 건조하게 말했다.

"그때도 네 쓸데없는 짓으로 그 아이가 죽지 않았느냐?"

주지율은 입을 다물 수밖에 없었다.

주지율이 어렸을 적.

그에게는 5살 터울의 형이 있었다.

형은 모든 것을 잘했다. 공부면 공부, 무술이면 무술, 거기에 키가 크고 잘생겼으며 성격까지 좋아 마을 사람들의 사랑을 한 몸에 받는 존재였다.

어린 주지율에게 있어 형은 가장 멋있는 사람이었고 여느 어린아이들이 그렇듯 항상 형의 행동을 따라 했다.

그러던 어느 날.

비가 세차게 쏟아지던 날 무사들을 주축으로 어른들이 개천을 정비하러 떠날 준비를 했다.

이제 15살이 된 형은 아버지와 함께 떠나며 어린 주지율에게 말했다.

"가만히 집에 있어. 금방 돌아올게."

"나도 갈래!"

"위험해서 안 돼. 나중에 지율이가 크면 같이 가자."

그렇게 신신당부했으나 주지율은 가만히 있을 수 없었다.

형이 하는 건 모두 따라 해야 했으니까.

그 생각에 주지율은 엄마 몰래 밖으로 나가 개천으로 향했다.

사람들은 모두 두꺼운 나무에 밧줄을 감아 안전장치를 하고 개천을 정비하고 있었다.

뒤늦게 도착한 주지율은 자기도 돕겠다며 나섰고 그의 형은 화들짝 놀라 동생에게 말했다.

"지율아! 네가 왜 여기……!"

그리고 하필이면 그때 급류가 쏟아져 내려왔다.

밧줄로 몸을 묶은 이들은 모두 버틸 수 있었으나 어린 주지율은 그럴 수 없었다.

"지율아!"

멀리 있던 주철현은 아들의 손을 잡을 수는 없었다.

그때 형이 밧줄을 끊고는 몸을 던져 주지율을 잡아 밖으로 던졌다.

"형!"

모든 것은 순식간에 일어났고 기적은 없었다.

급류의 소리로 귀가 먹먹하던, 아무것도 들리지 않던 그날.

자신의 멍청함으로 주지율은 형을 잃었다.

멍하니 그날의 기억을 떠올리던 주지율은 눈을 질끈 감았다.

아직도 발버둥 치며 급류를 빠져나오려던 형의 모습이 생생했다.

주철현은 그런 아들의 뒷모습을 바라보다 손으로 얼굴을 쓸어내리며 말을 이었다.

"그리고 이미 이렇게 되어 버린 거 이번에도 그저 가만히, 아무것도 하지 말지 그랬느냐."

"제가 가만히 있었으면 마을 사람들은 다 죽었습니다."

어쩔 수 없는 선택이었다.

하지만 그 순간 주철현이 처음으로 격노했다.

"그래! 그랬으면 적어도 너에게는 창창한 미래가 있었겠지! 광명대와 함께 이 나라를 비추는 빛이 되었을 거 아니냐! 네가 이런다고 뭐가 바뀌겠느냐? 태인은 절대 멈추지 않을 거다. 또 쓸데없는 짓을 해서는……."

주지율은 가만히 아버지를 바라보다 자리에서 일어나며 말했다.

"가 보겠습니다. 몸조심하세요."

어쩔 수 없다.

아버지 말대로 아무것도 하지 않았다면 혼자서는 잘살 수 있었을 것이다.

가문의 이름도 드높이고 영웅으로도 기록되었을 수도 있었겠지.

하지만 자신은 그럴 자격이 없다.

이제 자신이 가문의 유일한 후계자니 그 책임을 져야 한다.

'난 혼자 잘살 자격이 없다.'

그것이 주지율이 정한 삶이었다.

〈9권에 계속〉

북두
2021년 3월 10일
1, 2권 동시출간 예정!
※출판 일정에 따라 출간일은 변경될 수 있습니다.
무림에 떨어진
청루연 신무협 장편소설
현대인
빽소니로 요절했던 죽음의 기억이 강렬한데,
'……내가 조휘?'
다 쓰러져 가는 조가철방의 차남이 되었다.
날아가는 새를 떨어뜨릴 권세도,
의지를 관철시킬 무력도 없다.
일가족을 몰살시킬 어마어마한 빚만 있을 뿐.
허나 그 누구도 경험하지 못했을
비장의 한 수가 남아 있으니.
"아버지, 조가철방을 물려주십시오."
문명의 이기를 총동원한 현대인의
중원무림 성공기가 지금 시작된다.
2 무림에 떨어진 현대인
1 무림에 떨어진 현대인
무림에 떨어진 현대인

슬기로운
회귀생활
※출판 일정에 따라 출간일은 변경될 수 있습니다.
2020년 11월 16일
1,2권 동시출간 예정!
은반지 현대판타지 장편소설
MORDERN FANTASY STORY
가문의 이익을 위해 길러진 개, 황재건.
당연하게도 그 인생의 끝은 토사구팽이었다.
철저히 이용만 당하다 버려진 그날,
세상은 그에게 또 한 번의 기회를 주었다.
[기반된 운명(運命)이 수레바퀴에 의해 뒤틀립니다.]
눈앞에 보이는 광경은 10여 년 전 머물던 방 안.
F급 각성으로 찬밥 신세를 면치 못했던 20살 때였다.
'이건…… 그냥 나잖아?'
그런데 SSS급 헌터의 힘이 그대로다.
북두

※출판 일정에 따라 출간일은 변경될 수 있습니다.
2020년 9월 23일
1, 2권 동시출간 예정!
선단기
체험 학습차 박물관에 방문한 유건(劉乾).
그곳에 있던 그림 하나가 그의 눈을 사로잡았다.
[백호좌애간월도(白虎坐崖看月圖)]
필치나 화풍이 특별하지 않은 그림을 살피던 도중
한 여성의 음성과 함께 극심한 고통이 밀려왔고
그림 속 백호가 튀어나와 유건을 집어삼켰다.
억겁과 같은 시간 속에 치밀어 오른 극통이 잦아들 무렵,
그가 눈을 뜬 곳은 밤하늘에 세 개의 달이 떠 있는 행성이자
선도를 밟는 신선들의 본향, 삼월천(三月天)이었다.
조휘 신무협 장편
NEO ORIENTAL FANTASY STO